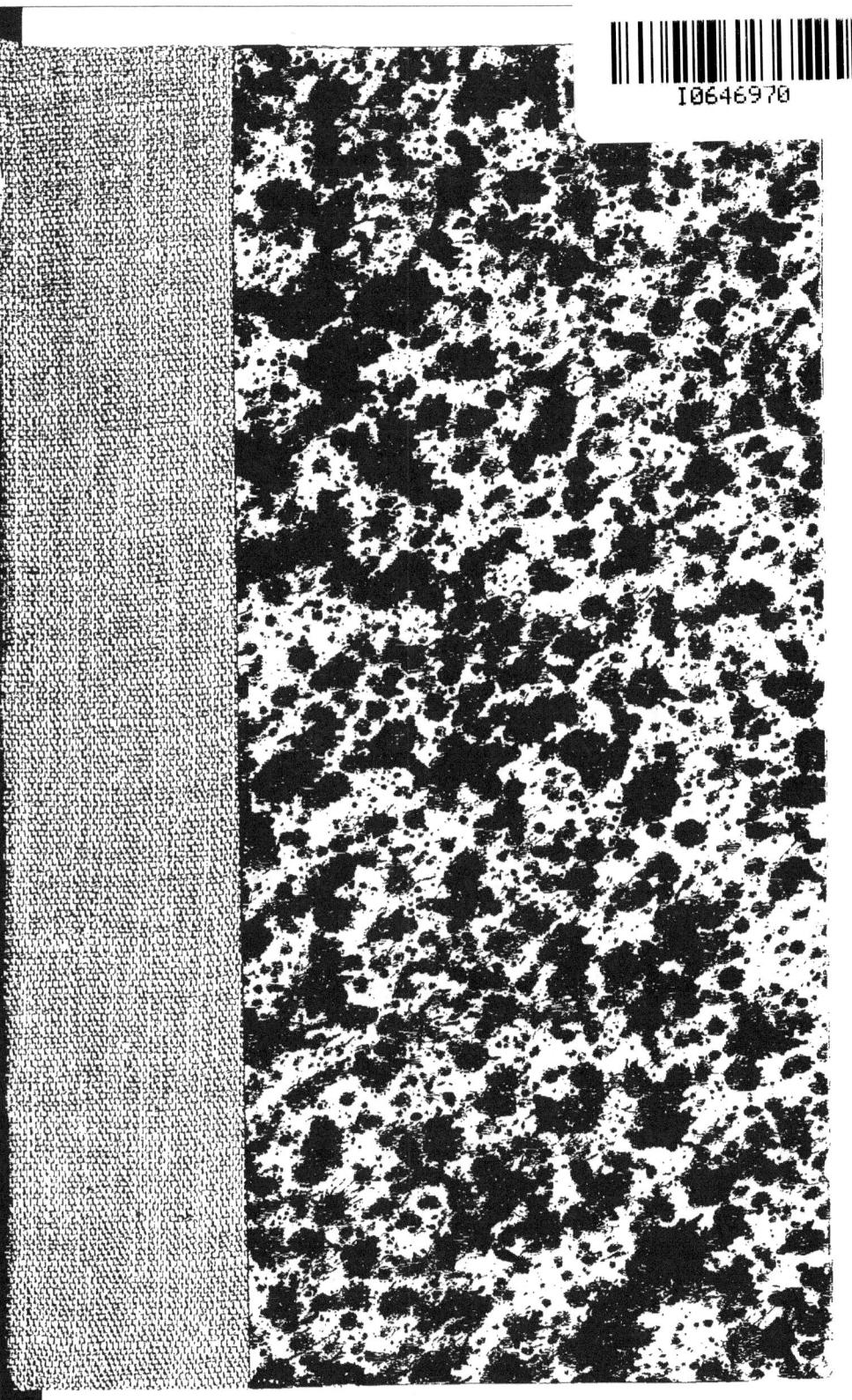

I0646970

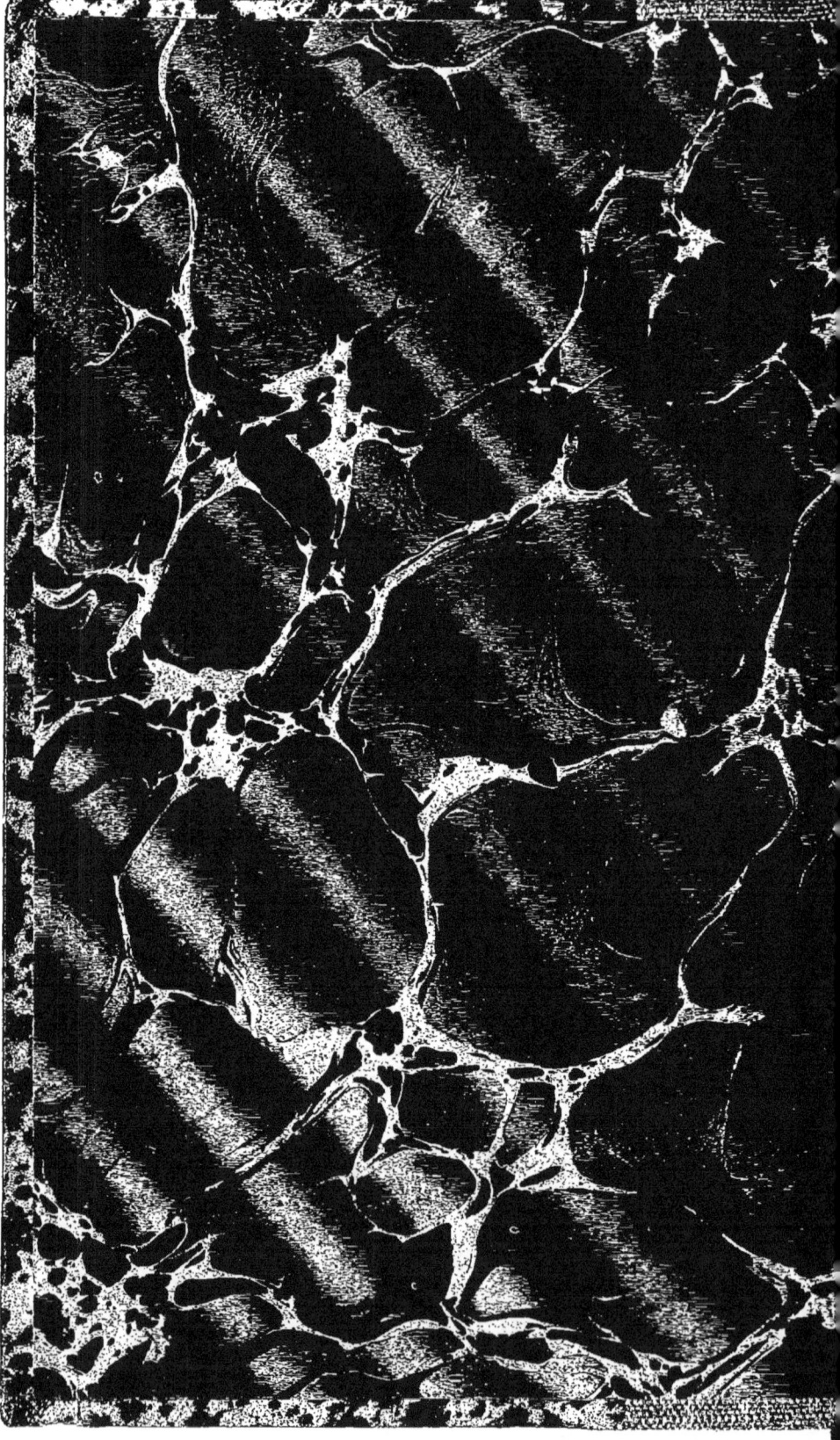

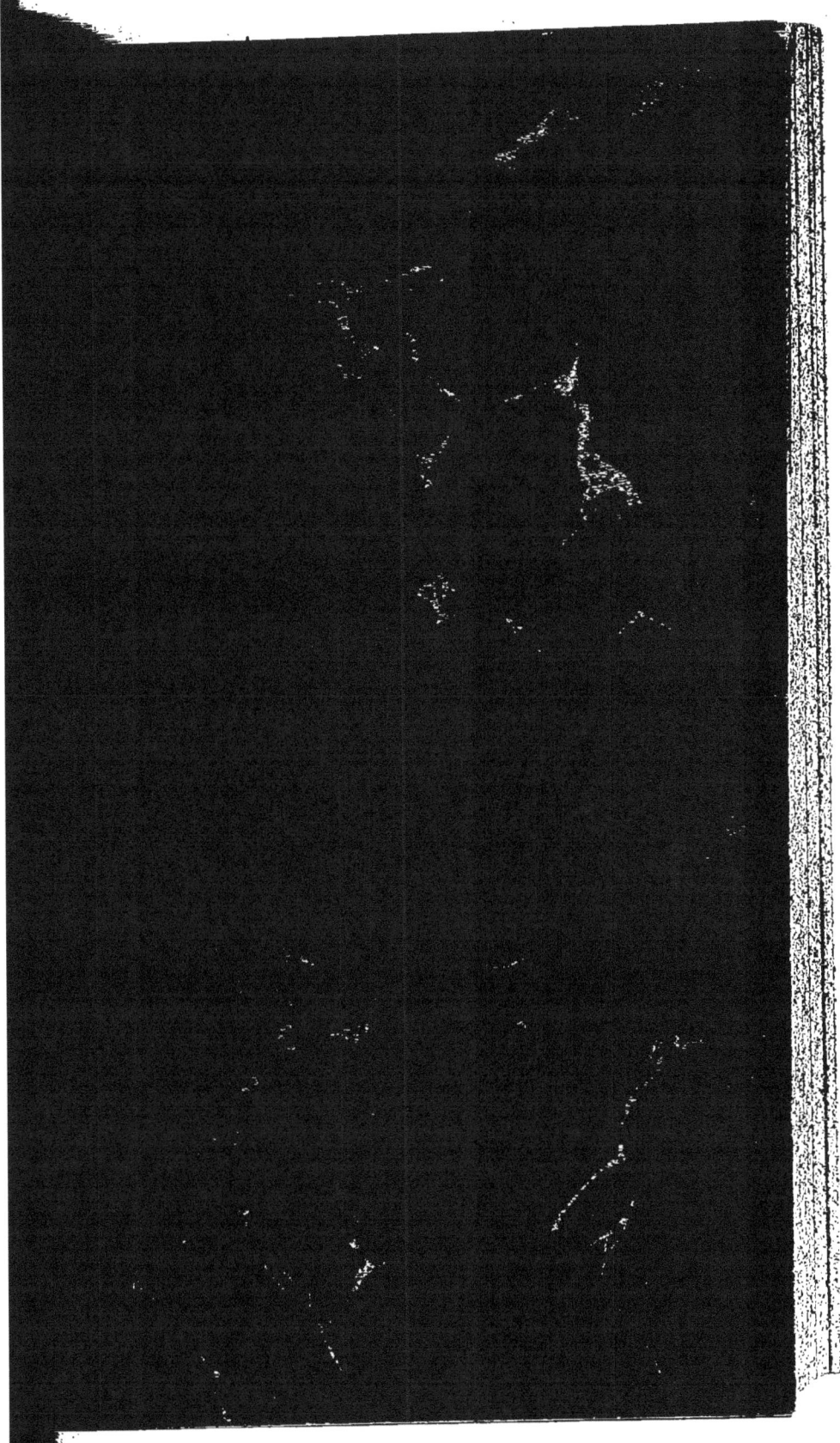

PÉCHERESSES

PAR

AMÉDÉE DE CESENA

QUATRIÈME ÉDITION

REVUE ET AUGMENTÉE

PARIS

E. DENTU, ÉDITEUR

Libraire de la Société des Gens de Lettres

PALAIS-ROYAL, 15-17-19, GALERIE D'ORLÉANS

LES

BELLES PÉCHERESSES

Imp. Delâtre, Paris.

LES BELLES
PÉCHERESSES

PAR

AMÉDÉE DE CESENA

QUATRIÈME ÉDITION

Revue et augmentée.

PARIS
E. DENTU, LIBRAIRE-ÉDITEUR
PALAIS-ROYAL, 17 ET 19, GALERIE D'ORLÉANS

1876

Paris. — Imprimerie de E. Donnaud, rue Cassette, 9.

POURQUOI CE LIVRE?

———

Dans le monde antique, la dégradation de la femme dans les sphères de l'amour a été le signe infaillible de la fin des civilisations païennes ; dans le monde moderne, son avilissement dans les mêmes sphères serait-il également le signe infaillible de la fin des civilisations chrétiennes ?

En effet, là où les pécheresses d'amour ne sont plus qu'un vulgaire instrument de plaisir; là où leur lasciveté est devenue leur plus puissant moyen d'influence sur les hommes; là où, par l'universel abâtardissement des caractères et l'universelle dépravation des mœurs, elles sont entraînées, pour conserver leur empire, à ne plus chercher à captiver les cœurs et à charmer les imaginations, mais seulement à vouloir amuser les esprits et régner sur les sens ; là, enfin, où elles ne sont plus d'enivrantes maîtresses qui se donnent aux amants, qu'elles enlacent des doux liens de leur tendresse, mais d'impures courtisanes qui se vendent aux débauchés qu'elles attirent par l'attrait de mystérieuses voluptés, on peut croire que l'heure de la décadence a sonné.

Sommes-nous arrivés à cette heure fatale ?

Je vois ce que sont les filles d'Ève dans le temps présent, et j'ai écrit ce livre avec la tristesse d'un philosophe qui, s'apercevant de la gangrène des intelligences et de la pourriture des âmes, sonne le tocsin pour réveiller l'âme de la société.

La légèreté du titre sert donc de masque à la gravité du but. J'ai voulu avertir mon siècle, en lui faisant toucher du doigt la plaie que je découvre, et, pour la lui faire toucher du doigt, je veux lui montrer comment, d'échelon en échelon, les pécheresses d'amour, après être sensiblement descendues d'Agnès Sorel à Jeanne Vaubernier, en sont arrivées de nos jours à n'être plus que des marchandises qu'un palefrenier en goguette lance dans la circulation où elles passent alternativement des mains de mineurs désœuvrés aux mains de banquiers vaniteux ou de princes blasés, jusqu'au moment où les uns et les autres les rejettent, avariées, dans les bras d'un chiffonnier en haillons.

Paris, 15 septembre 1865.

L'AMOUR

DANS LA SOCIÉTÉ PAÏENNE

L'AMOUR

DANS LA SOCIÉTÉ PAÏENNE

Dérouté par ce fait caractéristique que l'amour s'identifiait alors dans la courtisane, on a prétendu que l'antiquité n'avait pas connu la passion, et que, sous l'influence d'une religion qui enseignait le sensualisme, le monde païen n'avait compris que le plaisir.

On s'est trompé.

Le paganisme ayant modelé les pratiques du culte sur les lois de la nature, il en était résulté que les mœurs de la société s'étaient conformées à ces lois éternelles.

Loin d'être un crime aux yeux du ciel, loin d'être une faute dans la pensée des hommes, la satisfaction des sens était tenue pour légitime.

Cependant les ombrageuses susceptibilités du père de

famille voulant que la mère de ses enfants légitimes restât cachée à l'ombre du foyer domestique, toujours ignorée, toujours inconnue de la foule, il avait fallu créer une classe de femmes faites pour la vie extérieure, amoureuses de bruit et d'éclat, de mouvement et d'agitation, qui ne craignissent pas d'attirer les regards; en un mot, une classe de femmes qui voulussent aimer et qu'on pût aimer sans scrupule et sans contrainte.

Cette classe de femmes fut celle des courtisanes, véritables prêtresses de l'amour, que les mœurs sociales et religieuses du temps relevaient dans l'opinion, parce que, destinées aussi à satisfaire les aspirations de l'intelligence, elles devaient briller par la culture de l'esprit non moins que par la beauté du corps.

On tenait donc à ce que les courtisanes se recrutassent parmi les femmes de mérite, et on ne pouvait atteindre ce but qu'en leur donnant de l'importance et qu'en leur accordant de la considération.

Ainsi s'explique le rôle exceptionnel que les courtisanes remplissaient à Athènes où, dans les premiers temps surtout, placées pour ainsi dire sur un piédestal, elles exercèrent une influence souvent considérable, quelquefois salutaire et élevée.

Sans doute ces courtisanes étaient avant tout des enchanteresses; mais, tout en se livrant sans remords aux plaisirs de l'amour, n'étaient-elles pas accessibles à des sentiments tout aussi profonds que ceux qui peuvent régner dans l'âme tourmentée de la femme chrétienne, condamnée à ne pouvoir aimer sans que sa conscience inquiète ne lui reproche son bonheur?

Non, il n'est pas vrai que la société païenne ait ignoré l'amour et n'ait connu que le plaisir.

Les courtisanes d'Athènes avaient aussi un cœur pétri de tendresse et de dévouement, et elles surent inspirer comme elles surent ressentir des passions, où l'entraînement des sens s'alliait aux élans de l'âme, où le sentiment de la volupté s'alliait à la volupté du sentiment.

C'est du reste cette mystérieuse alliance de l'amour sensuel et de l'amour idéal qui constitue l'amour vrai, l'amour, double émanation de la terre et du ciel, que Dieu et la nature ont donné à l'homme et à la femme pour en faire la consolation de leur vie de souffrance et de misère.

II

Je n'ai voulu écrire que la vie des belles pécheresses, et les courtisanes de l'antiquité n'étaient pas des pécheresses, puisque, d'après les enseignements du paganisme, la satisfaction des sens était un plaisir légitime.

Je vais cependant esquisser à grands traits le portrait de Sapho, d'Aspasie et de Messaline, dans l'unique but de prouver qu'au temps de la civilisation païenne, la dégradation de la femme, dans les sphères de l'amour, a correspondu avec la décadence de la société.

Voyez SAPHO ! la première en date, puisqu'elle naquit à Mytilène, cité principale de l'île de Lesbos, environ six siècles avant l'ère chrétienne.

Quelle femme fut plus passionnée, et comme on est

mal venu, quand on voit comment savait aimer cette Lesbienne qui était tout amour, à dire que l'antiquité n'a pas connu la passion.

Sapho n'était pas, dans le sens absolu du mot, une courtisane; mais elle eût été, dans les temps modernes, une pécheresse.

Quelle pécheresse que cette femme qui s'est tuée pour avoir trop aimé! quelle pécheresse que cette femme dont les vers enthousiastes rivalisèrent de poésie et de tendresse, de douceur et d'harmonie, d'éclat et d'inspiration avec ceux de l'immortel Anacréon, son maître!

Sapho n'était pas une femme de plaisir, elle aimait avec tout son cœur, avec toute son imagination; elle aimait avec tous les élans de son âme, avec tous les transports de la passion le beau Phaon qui, à deux reprises différentes et à de longs intervalles, lui donna, en répondant à son amour, toute la joie, toute l'ivresse qu'on peut rêver sur la terre, qui deux fois l'enivra du plus ineffable et du plus doux bonheur pour la replonger bientôt après dans les tortures de la jalousie et les désespoirs de l'abandon. Phaon, en effet, s'éloigna deux fois de Sapho pour suivre la maîtresse qu'il préférait à la plus tendre des amantes.

La brune Sapho n'avait pas, à la vérité, cette beauté plastique qui commande l'admiration; elle était petite,

mais elle avait ce charme indéfinissable et attractif que
la trace des passions imprime à la physionomie, cette
beauté morale et saisissante dont les rayons de l'intelligence illuminent le front, et sans doute aussi ce doux et
mystérieux reflet de la souffrance qui semble venir des
profondeurs de l'âme pour s'adresser à l'âme.

Sapho n'a laissé aucun renom de débauche, aucun
souvenir de lubricité. Rien ne justifie même le reproche
que lui font quelques historiens, qui l'accusent d'avoir
aimé d'amour son ami Dorique; car le fragment de l'Ode
adressée *A une femme aimée*, qu'on cite à l'appui de
cette accusation, ne prouve absolument rien.

Voici la traduction de ce fragment :

« Celui qui est toujours auprès de toi, et qui écoute
ton doux langage, et qui regarde ton doux sourire, est
assurément aussi heureux que les dieux! C'est ce sourire et ce langage qui mettent le trouble dans mon
cœur, car sitôt que je te vois la parole me manque, je
deviens immobile, un feu subtil se glisse dans mes veines, mes yeux ne voient plus, mes oreilles bourdonnent,
une sueur froide me pénètre, je tremble de tous mes
membres, je pâlis, je suis sans pouls et sans mouvement. Je crois que je vais mourir ! »

Pourquoi, à l'exemple de tant d'autres poëtes, Sapho
n'aurait-elle pas mis les vers, dont je viens d'indiquer

le sens, dans la bouche de Phaon, et pourquoi, par une fiction très-fréquente, quoique ce fût elle qui les eût composés, n'aurait-elle pas supposé que c'était son amant qui les lui adressait?

Quoi qu'il en soit, la pécheresse Sapho, immortalisée par son amour et son génie, Sapho, femme de cœur et d'imagination, correspond sinon à la plus brillante époque, du moins à l'époque la plus virile de la Grèce païenne.

C'était l'aurore d'une splendide et vigoureuse civilisation qui devait un jour s'éteindre dans les énervantes et abrutissantes débauches d'une jeunesse oisive et dissolue.

ASPASIE était une vraie courtisane, mais une courtisane de tant d'élévation d'esprit, d'une intelligence si cultivée, de tant de noblesse de caractère, que Périclès, l'un des hommes les plus éminents d'Athènes, ne craignit pas d'en faire sa femme.

Aspasie la courtisane gardait encore, au milieu de sa cour d'adorateurs illustres, tout le prestige et toute la poésie de la femme. Cette blonde fille de Milet, dont les cheveux ondulés couvraient les tempes, était belle comme une statue de Phidias, qui fut son amant; belle comme la mer d'Ionie qui baignait de ses flots amoureux le rivage qui la vit naître, environ 460 ans avant l'ère chrétienne ; belle comme les rêves d'or qui visitent, avant l'aube, la couche des vierges ; belle enfin de cette beauté idéale et rayonnante, qui ferait croire à une apparition céleste, si on ne voyait errer sur les lèvres frisson- nantes de désir un sourire qui appelle les baisers; si on ne voyait briller dans le regard, où le regard plonge comme dans un océan de lumière, le feu des voluptés.

Aspasie, qui avait du goût et de l'imagination, savait ajouter les séductions de l'art aux dons de la nature. Elle possédait surtout ce qu'on nomme aujourd'hui le secret de la mise en scène.

Voici, du reste, le portrait exact de cette célèbre courtisane, qui vit Socrate rivaliser à ses pieds, avec Alcibiade, d'hommages et de flatteries, qui fascina Phi- dias et subjugua Périclès.

J'ai déjà dit que les cheveux d'Aspasie étaient blonds, qu'ils étaient ondulés et qu'ils couvraient ses tempes ; un voile blanc d'un tissu léger, noué au sommet de sa tête, en ornait la partie supérieure ; elle avait de grands yeux bleus ombragés de sourcils noirs qu'elle teignait avec une poudre composée de plomb et d'antimoine, sa bouche était moyenne ; elle avait les lèvres sensuelles, le men- ton arrondi, le cou dégagé, les joues pleines et fraîches, les doigts effilés, les ongles roses, des seins d'un galbe admirable ; le corps d'une rare perfection de formes et d'une délicieuse harmonie de contours ; une taille svelte et flexible d'une merveilleuse souplesse, et dans tous ses mouvements une grâce infinie.

Aspasie avait le bon esprit de ne pas se surcharger de vêtements et d'étoffes, dont l'éclat eût écrasé sa beauté. Son costume, d'une élégante simplicité, consistait en une tunique couleur safran, négligemment jetée sur ses épaules, et une ceinture richement ornée qui, lui serrant la poitrine au-dessous des seins, servait à en dessiner la forme ; des pantoufles, garnies d'une épaisse semelle de liége, laissaient à découvert ses petits pieds blancs et nus, dont les doigts étaient souvent ornés de bagues précieuses.

Je ne décrirai pas la demeure de cette femme célèbre à tant de titres. Cette demeure ressemblait à toutes celles des citoyens d'Athènes qui jouissaient d'une grande fortune. Mais ce qui n'appartenait qu'à elle, ce qui avait un cachet tout particulier, c'était la pièce où elle recevait les hommages de ses adorateurs, les adulations de ses amants.

Cette pièce était petite ; on y remarquait un plafond en forme de voûte, fait de roseaux fendus recouverts de stuc. C'est sur ce revêtement inaltérable qu'un peintre estimé avait représenté la naissance de Vénus, admirable fresque qui était un chef-d'œuvre.

Mollement couchée sur un lit d'ivoire, orné de somptueuses draperies de pourpre, la déesse, entourée de douze jeunes filles, qui lui versaient du vin de Maronée dans une coupe d'or, recevait pendant son unique repas, Périclès, Sophocle, Alcibiade, Phidias, Socrate, les princes de la politique, de la poésie, de la mode, de l'art et de la philosophie.

A l'exemple de toutes les courtisanes, Aspasie avait plusieurs amants avoués et vivait de leurs présents. Cependant il est certain qu'elle n'aima jamais que Périclès qui, en l'épousant, a prouvé à son tour combien il l'estimait.

Aujourd'hui, on ne comprendrait guère Périclès, devenant l'époux d'une courtisane, qu'il savait avoir été la maîtresse de Sophocle, de Phidias, d'Alcibiade, de Socrate; on ne comprendait même pas qu'il l'eût aimée, comme amant, d'une passion persévérante et sérieuse.

Mais les mœurs et les idées de la société païenne n'avaient aucune analogie avec les mœurs et les idées de la société chrétienne. Une femme n'était pas fatalement dégradée et méprisée par ce seul fait qu'elle était courtisane; c'était une mission plus qu'un métier, et son rang dans l'opinion dépendait uniquement de son infériorité ou de sa supériorité personnelle.

Dans tous les cas, avec les idées et les mœurs du temps, Périclès, en obéissant à la passion qui l'attirait vers Aspasie, ne choquait ni les convenances ni les préjugés, et les Athéniens ne songèrent jamais à lui faire un crime ou une honte de céder à l'invincible penchant de son cœur.

Il est vrai qu'Aspasie était une femme réellement supérieure. Elle savait la politique et la philosophie, elle n'ignorait ni l'art ni la poésie, et on affirme qu'elle enseignait l'éloquence. Ce n'était donc pas seulement une femme de plaisir qui régnait sur les sens ; c'était aussi une femme d'esprit et d'intelligence qui charmait les esprits et captivait les intelligences. Peut-être même peut-on lui reprocher d'avoir eu plus de génie que de cœur.

Quoi qu'il en soit, l'influence d'Aspasie sur Périclès, qui gouverna avec tant d'éclat et d'autorité la république d'Athènes, ne reposait pas uniquement sur sa beauté et sur sa complaisance ; sans doute les séductions de sa personne et l'attrait de ses faveurs servirent à la fonder ; mais ses qualités l'accrurent et la consolidèrent.

Aspasie était pour Périclès plus qu'une amie qui n'est qu'amie, elle était une amante ; elle était plus qu'une amante qui n'est qu'amante, elle était une amie. Aussi, ne pouvant plus se passer d'elle, il en fit sa femme, afin d'avoir sans cesse près de lui l'amante et l'amie.

Reine enfin par l'esprit autant que par la beauté, la courtisane Aspasie resta chaste si on peut s'exprimer ainsi, dans ses abandons les plus tendres, et ce fut par la profondeur de son intelligence et par l'élévation de son caractère, non par le cynisme de sa dépravation, qu'elle gouverna le cœur de Périclès.

Mais aussi le siècle de cette courtisane, qui est resté un type de supériorité, était le siècle de Périclès, le siècle des grands hommes et des grandes choses, le siècle des grands poëtes, des grands artistes et des grands philosophes ; le siècle de Phidias, de Sophocle et de Socrate ; le siècle enfin de l'épanouissement complet de la civilisation païenne, le siècle où le génie de l'antiquité a produit ses plus beaux fruits et ses plus belles fleurs ; le siècle qui a vu s'élever le Parthénon, les Propylées et l'Odéon, le siècle qui a vu fondre la statue d'or de Minerve.

Après Aspasie, la courtisane va descendre d'âge en âge, et la civilisation païenne descendra avec elle ; et plus elle se dégradera, plus elle se dépravera, plus la société antique avancera dans les voies de la décadence.

Athènes déchoit de jour en jour, de degré en degré,

et voit en même temps le sceptre d'Aspasie passer aux mains de l'impure Laïs, qui s'enivre dans sa vieillesse en compagnie des esclaves, et de la vénale Phryné qui, selon l'expression d'Aristophane, fit de ses joues la boutique d'un apothicaire ; de Laïs et de Phryné qu'n'eurent que la beauté du corps, et qui, du reste, n'auraient su que faire des beautés de l'esprit, à l'époque où elles parurent sur la scène du monde.

Dans l'abâtardissement de leur caractère et la dépravation de leur cœur, les Athéniens ne demandaient déjà plus aux courtisanes que l'ivresse des sens.

L'heure allait sonner où cette orgueilleuse ville d'Athènes, si fière d'être encore le foyer de la civilisation païenne, allait être asservie avec toute la Grèce aux Romains, qui lui prirent ses mœurs avec ses lumières. Ce fut la vengeance des vaincus, vengeance terrible, car en apportant comme un présent funeste aux vainqueurs leur civilisation corrompue, ils inoculèrent au Peuple Roi la gangrène morale qui envahissait leurs imaginations flétries par le vice et leurs âmes énervées dans la débauche.

La courtisane romaine descendit encore plus bas que la courtisane athénienne, de même que la décadence de la société païenne devint aussi plus visible et plus rapide. La femme ne fut plus qu'une chose, l'homme n'eut plus que des instincts; un jour vint enfin où une Messaline fut possible.

Je ne dirai pas tous les actes de débauche de MESSALINE, car ce serait sortir du cadre de ces préliminaires; un seul trait de sa vie suffira pour rappeler à ceux qui ont pu l'oublier que ce fut la femme de Claude, la fille de Messala, la souveraine du monde.

Il y avait alors dans Rome une rue tortueuse, étroite et sombre, du nom de Subure, et dans cette rue, dont toutes les maisons étaient pauvres, noires et délabrées, une maison plus délabrée, plus noire et plus pauvre que les autres. Cette maison était celle des filles de joie de bas étage, qui ne pouvaient réclamer, d'après le tarif de la loi, pour prix de leur possession, que la misérable somme de deux oboles.

Au temps de Claude, on voyait quelquefois sortir du palais des empereurs, à l'heure nocturne où les courtisanes étaient visibles, une femme qui se rendait dans ce bouge où des filles, couchées toutes nues sur des lits de natte et luttant d'effronterie et de lascivité, abandonnaient, à la vue de tous, leur corps souillé aux caresses des débauchés de tout rang et de tout âge, étendus pêle-mêle sur un sol jonché de débris de pots de vin qu'ils avaient cassés après les avoir vidés jusqu'à la lie.

Cette femme se glissait parmi ces filles et ces hommes dont les embrassements sans pudeur et sans mystère, loin d'exciter son dégoût, encourageaient sa lubricité. Grande et belle, à peine entrée, elle se costumait en bacchante, laissant flotter sur ses épaules de longs et faux cheveux blonds qui couvraient une peau de tigre, qu'une agrafe d'or attachait sous ses seins entièrement nus, et le corps à peine voilé de pampres.

Ainsi vêtue, ainsi déguisée, l'enchanteresse se présentait à son tour aux clients qu'elle attirait dans ce repaire du vice, où elle était connue sous le nom de Lycisca, et se prostituait toute la nuit, sans réussir à être ni lasse, ni rassasiée.

Eh bien, cette Lycisca, cette infatigable prostituée qui avait une chevelure et un nom d'emprunt, c'était la femme de Claude, c'était l'impératrice, c'était Messaline.

Quel temps que celui où une Messaline était possible !

On était dans la première moitié du premier siècle de l'ère chrétienne.

La courtisane alors n'était déjà plus qu'un vulgaire instrument de plaisir, qu'une machine humaine, et l'amour un grossier sensualisme sand fard, sans voile, sans poésie ; ce n'était plus enfin que de la bestialité.

C'est qu'alors la société païenne, de plus en plus décrépite, de plus en plus dépravée, allait descendre avec rapidité l'échelle de la décadence, jusqu'au jour où l'épée des Barbares, ces terribles purificateurs du monde et de l'humanité, devait noyer dans des flots de sang les fanges et les impuretés de la civilisation antique, disparue dans la simultanéité de l'abaissement du citoyen et de l'avilissement de la courtisane.

LES

BELLES PÉCHERESSES

AGNÈS SOREL

AGNÈS SOREL

Si j'avais à tracer le portrait d'une héroïne, j'aurais écrit à la page qui précède, au lieu du nom d'Agnès Sorel, celui de Jeanne d'Arc.

Mais je dois peindre une pécheresse ; ma plume, qui ne pouvait chercher le nom de Jeanne d'Arc, trouve naturellement celui d'Agnès Sorel.

C'était une sombre époque de deuil et de désolation que celle qui vit s'élever à la cour de Charles VII la douce et lumineuse étoile de la favorite si heureusement surnommée la *Dame de Beauté*.

Cette cour errante, chassée de Paris où le duc de Bedford commandait au nom du roi Henri VI, s'était pauvrement installée dans les murs de Bourges, capitale improvisée de la France restée française au milieu de la France devenue anglaise.

Les désastres de la patrie, les misères d'une vie vagabonde, les incertitudes de l'avenir, n'avaient cependant ni éteint les imaginations ni glacé les cœurs à cette triste cour de Bourges où s'étaient réfugiées les mœurs de la chevalerie.

Le roi s'appelait Charles VII ; né en 1403, il était fils du malheureux Charles VI et de cette terrible Isabeau de Bavière qui n'avait rien de la femme, de cette reine de France qui n'eut rien de Français, de cette étrangère qui ne sut être ni épouse, ni mère.

La reine se nommait Marie d'Anjou ; elle était sœur de René d'Anjou, alors prisonnier du duc de Bourgogne.

René d'Anjou avait épousé Isabelle de Lorraine, qui vint attendre à la cour de Bourges la fin de la captivité de son mari.

Isabelle de Lorraine avait parmi ses demoiselles d'honneur une jeune fille de seize ans du nom d'Agnès Sorel, née en 1409 à Fromenteau, village de la Touraine.

Agnès était fille de Jean Soreau, seigneur de Codun, écuyer du comte de Clermont, et par conséquent de noble race. Le nom de Sorel, qui lui est resté, était une corruption de son vrai nom de famille ; elle avait un sureau d'or dans ses armes.

La femme de René d'Anjou aimait beaucoup Agnès qu'elle avait prise de bonne heure auprès d'elle et qu'elle avait pour ainsi dire élevée et enrichie.

L'apparition d'Agnès, alors appelée la demoiselle de Fromenteau, à la cour de Bourges, fit sensation. Elle avait le front d'une pureté merveilleuse et élevé, des yeux bleus d'une grande vivacité, de longs cils qui ne voilaient qu'à demi la langueur de ses paupières, un nez admirable, une petite bouche, les lèvres roses, le cou, les épaules et le sein d'une extrême blancheur et d'une forme parfaite, un esprit sémillant et la parole facile.

Charles VII, âgé seulement de vingt-deux ans, remarqua, dès le premier jour, celle qui allait prendre sur son cœur un si grand et si durable empire. Mais un impénétrable mystère plane encore sur l'origine, sur le commencement de ces royales et chevaleresques amours, qui restèrent longtemps ignorées.

Les premières entrevues de Charles VII et d'Agnès Sorel eurent lieu dans les souterrains du château de Chinon, où se trouvait momentanément la cour de France.

C'est là que sous des voûtes pleines d'ombre et de silence, le roi et la favorite se réunissaient la nuit pour s'abandonner sans contrainte à tous les élans de leur âme; c'est là qu'ils oubliaient, dans l'enivrement de la passion, la cour qui ne soupçonnait pas leur bonheur, Dieu qui a dû leur pardonner d'avoir aimé ; c'est là qu'ils étaient heureux.

Agnès Sorel se donnait au roi, sachant bien qu'elle ne pouvait pas espérer d'être jamais reine de France, au roi qui était marié. Elle oubliait l'honneur et la religion, elle outrageait Dieu et la société, elle était pécheresse.

Mais comme tout, dans ce coupable amour, était délicat et chaste ! Agnès Sorel aimait Charles et non le roi ; elle avait cédé à l'entraînement de son cœur, et non au penchant du vice ; un véritable amour était la source de sa faute. On ne la vit pas rechercher avec empressement l'éclat qui s'attache dans les cours à la situation de favorite royale ; elle cacha longtemps les joies ineffables de son âme, heureuse d'aimer et d'être aimée, et le temps seul divulgua le secret de sa faiblesse.

C'était une pécheresse, mais une pécheresse qui n'avait d'autre arme pour conserver le cœur de son amant que sa tendresse inaltérable, et qui ignorait même qu'il y eût un art pour gouverner par les sens la volonté d'un homme.

Agnès ne dédaignait pas d'exercer et de prendre sur

e roi une influence réelle, mais ce désir ne venait que
l'un motif chevaleresque, et n'avait qu'un but élevé.
Elle s'en servit pour lui rendre le courage qui l'abandonnait, l'énergie qu'il avait perdue ; elle s'en servit enfin
dans l'intérêt de sa gloire et de sa puissance, près de
périr avec l'indépendance nationale.

Agnès Sorel fit plus que Jeanne d'Arc pour le salut de
la France, car ce fut elle qui inspira au fils de Charles VI
la volonté de reconquérir sa couronne.

Les chroniqueurs du temps ont raconté qu'un devin
annonça un jour, devant la cour de Bourges, à la demoiselle de Fromenteau, qu'elle serait longtemps aimée
par un grand roi.

Agnès Sorel, qui avait à dessein provoqué cette prédiction, afin d'avoir une occasion de frapper l'esprit de
Charles VII assez fortement pour l'arracher au découra-
gement auquel il s'abandonnait, se leva aussitôt, et, sa-
luant son royal amant, elle lui demanda la permission
de se retirer à la cour d'Angleterre.

« Pourquoi ? s'écria le roi, surpris.

— Parce que, répondit Agnès, la prédiction que le
devin m'a faite ne peut se rapporter qu'à Henri VI, car
le roi de France va perdre sa couronne, et le roi d'Angleterre va la placer sur sa tête. »

Ces paroles, écrivait un siècle plus tard l'historien

Brantôme, ces paroles frappèrent si vivement le roi,
qu'il se prit à pleurer, et de là prenant courage, quittant ses chasses et ses jardins, il fit si bien par son
honneur et sa vaillance, qu'il chassa les Anglais de son
royaume.

Ainsi, c'est à Agnès Sorel qu'on doit ce valeureux et
enthousiaste réveil de la chevalerie, qui sous le règne de
Charles VII sauva la France.

François Ier, qui se connaissait en héroïsme du cœur
et en grandeur d'âme, a consacré ce noble souvenir de
l'histoire nationale dans les vers suivants :

> Gentille Agnès, plus d'honneur tu mérite,
> La cause étant de France recouvrer
> Que ce que peut dedans un cloître ouvrer
> Close nonain ou bien dévot ermite.

Un jour vint cependant où la timide et tendre
Agnès Sorel fut ostensiblement la maîtresse adorée
du roi Charles VII. Le rôle qu'elle fut amenée à jouer
à la cour de Bourges la força d'accepter l'éclat de cette
situation.

L'heureuse influence qu'Agnès Sorel avait exercée sur
la volonté du roi, en l'excitant à reconquérir le trône de
France, avait mis en lumière l'ascendant qu'elle avait sur
son cœur.

Dès lors, tous les partisans, tous les amis de la cause royale bénirent cet ascendant qui avait des résultats si avantageux pour l'avenir de cette cause et le salut de la France. Agnès Sorel devint naturellement le centre de ceux qui travaillaient à l'expulsion des Anglais et qui s'efforçaient tout à la fois de ramener à Charles VII la noblesse de l'Anjou, de la Touraine et de la Bretagne, et de le réconcilier avec le duc de Bourgogne. Ils se servirent d'elle dans un but politique et patriotique. C'est le cas de dire que la fin justifie le moyen.

Dès ce moment, Agnès Sorel fut la vraie reine de France, car la source de sa royauté était dans l'amour du roi. Elle eut sa cour, son parti ; elle eut des alliés et des favoris. Elle accorda sa protection au riche Jacques Cœur, qui de son côté prêtait à Charles VII son crédit et son or.

Cette protection était un acte d'intelligence et de dévouement, car la favorite du roi ne défendait Jacques Cœur que parce qu'elle comprenait de quelle utilité le célèbre orfévre de Bourges pouvait être dans la pénurie du trésor royal. Il fallait du fer pour reconquérir la France, mais pour en acheter il fallait de l'or.

Jacques Cœur pouvait seul fournir l'or qui devait servir à payer le fer.

Agnès Sorel fit donc de ce Rothschild du xve siècle un

garde des mines et un maître des monnaies, puis un ar-
gentier du roi et un garde du trésor, chargé de perce-
voir les impôts et les revenus de l'époque. Toutefois
Jacques Cœur se souvint encore de son métier d'orfévre
pour offrir à sa belle protectrice un chef-d'œuvre de l'art
qui avait fait sa renommée et sa richesse. Il lui fit don
de la première parure qui ait été portée en France.

Cette parure consistait en une ceinture pour corsage,
toute en perles et en diamants, qui venait se nouer sur le
sein.

Agnès Sorel était fille d'Ève; elle était femme. Ce présent lui plut, et elle fit faire son portrait, ornée de cette
ceinture; on peut la voir ainsi représentée dans le re-
cueil des gravures de la Bibliothèque impériale.

Agnès Sorel est aussi la première qui ait fait, en France,
usage de la toile pour ses chemises; ainsi elle a contri-
bué à y acclimater le goût du luxe et de la toilette.

Une fois qu'Agnès Sorel eut franchement accepté la
situation de favorite du roi, elle dut en subir les consé-
quences; il lui fallait tenir son rang et avoir une cour.
Elle eut donc, alors même que la cour de France était
encore à Bourges, des domaines qui lui constituèrent
une fortune personnelle.

Le premier de ces domaines paraît avoir été celui de
la Chesnaye; elle écrivait en effet, en 1430, au prévôt

du village de ce nom la lettre suivante, qui prouve la bonté de son caractère :

« Monsieur le Prévôt,

« J'ai entendu et ouï que quelques hommes de la Chesnaye ont été par vous adjournés sur le soupçon d'avoir pris certain bois de la forêt de la Chesnaye, sur quoi, ai entendu dire qu'aucune desdites gens sont pauvres et misérables personnes. Monsieur le prévôt, ne veux qu'il soit suivi à ladicte poursuite. Sur quoi, fesant sans délai vous serez agréable à votre bonne maîtresse.

« AGNÈS. »

Quoique devenue dame de la Chesnaye, Agnès Sorel avait conservé sa modeste situation auprès d'Isabelle de Lorraine, car on trouve dans le livre des dépenses de cette princesse la mention suivante : *dix livres tournois pour les gages d'Agnès Sorel, une des demoiselles pour accompagner*.

Voici une autre lettre écrite à une amie de situation inférieure, où la femme se manifeste dans toute la naïveté de sa coquetterie :

A MADEMOISELLE DE BONNEVILLE, MA BONNE AMIE.

« Mademoiselle, ma bonne amie me recommande de
bon cœur à vous ; je vous prie de vouloir bien bailler
à ce porteur Christophe ma robe grise doublée de blanc
et toutes paires de gants que vous trouverez en demeure,
ayant ledit Christophe perdu mon coffret. Vous plaira,
en outre, recevoir de lui mon lévrier Carpet, que vous
voudrez bien nourrir à vos côtés, et ne le laissez aller à
la chasse avec nul ; car n'obéit ni à sifflet ni à appel et
seroit autant dire perdu, ce qui me seroit à grand'peine,
et, l'ayant recommandé, ma bonne amie me feroit plaisir, priant Dieu qu'il vous tienne en sa grâce, ma toute
bonne amie.

« AGNÈS. »

La fortune de Charles VII grandissait sans que son
amour pour Agnès Sorel s'affaiblît ; il l'aimait toujours,
moins peut-être pour sa beauté que pour le charme de
son esprit et l'énergie de son caractère ; aussi, quand
Paris ouvrit ses portes au vrai roi de France, il ne voulut pas se séparer de celle qui lui avait rendu sa couronne
en relevant son courage abattu.

Le 3 novembre 1437, jour de l'entrée solennelle de
Charles VII dans sa capitale, Agnès Sorel figurait dans

le cortége de la reine, remarquée entre toutes les dames et demoiselles de la cour de France par les nombreux spectateurs placés sur la route que suivait ce splendide cortége.

Depuis longtemps, dans ses sermons, l'évêque de Thérouine, qui prêchait dans l'église Saint-Eustache, avait qualifié Agnès Sorel de nouvelle Hérodiade et l'avait dénoncée au peuple de Paris comme l'une des bêtes de l'Apocalypse .Aussi, quand ce peuple changeant la vit apparaître, couverte de perles et de diamants, montée sur une riche haquenée, il la montra du doigt, outrageant de ses propos *la compagne des joies du roi,* comme il s'exprimait dans son grossier langage.

Ces propos vinrent aux oreilles d'Agnès Sorel, qui, dans une heure de tristesse, s'écria, découragée et blessée : « Ces Parisiens ne sont que des vilains ; si j'avais su qu'ils ne m'eussent pas fait plus d'honneur, je n'aurais jamais mis le pied dans leur ville. »

Mais les distractions de la cour et les tendresses du roi dissipèrent vite ce nuage passager, et son front rayonnant de grâce et de beauté redevint calme et gai au milieu des plaisirs, des bals et des mascarades du palais des Tournelles ou pendant les chasses du bois de Vincennes. Reine aimée, admirée, enivrée de ces fêtes dont l'éclat et la somptuosité contrastaient avec la misère publique, pouvait-elle s'inquiéter longtemps des médisances et des dédains populaires?

On n'appela bientôt plus Agnès que *la dame de Beauté*, du nom d'un manoir construit par Charles V dans le bois de Vincennes, sur les bords de la Marne, manoir dont Charles VII lui fit don. Voici comment le poëte Eustache Deschamps décrit, dans l'une de ses ballades, ce séjour délicieux :

> Sur tous les lieux plaisants et agréables
> Que l'on pourroit dans ce monde trouver,
> Édifié de manoirs convenables,
> Gais et jolis pour voire et demourer
> Joyeusement, puis devant vous prouver
>   Que c'est à la fin du bois
> De Vincennes, que fit faire le roi
> Charles, que Dieu donne paix, joie et santé,

> Son fils aîné, Dauphin de Vienois,
> Donna le nom à ce lieu de *beauté*,
> Et c'est bon droit, car moult est délectable;
> L'on y oit le rossignol chanter,
> Marne l'enceint, les hauts bois profitables
>   Couvrent les daims,
> Des oiselets ouïr la doulce voix,
> Dans la saison du printemps et d'été.
> Où gentil mai qui est si noble mois
> Donna ce nom à ce lieu de *beauté*

Les prés enceignent les jardins délectables,
Les beaux préaulx, fontaine belle et clere,
Vignes aussi et les prés arables,
Moulins tournans, beaux plains à regarder.
Et beaux viviers pour les poissons,
Où l'on peut se retraire en sûreté,
Pour tous les points le beau prince courtois.
Donna ce nom à ce lieu de *beauté*.

Le manoir ou le château de Beauté était entouré d'un vaste domaine. Ce domaine devint la propriété d'Agnès Sorel, qui signa désormais le nom de terre seigneuriale.

La restauration de Charles VII n'était pas du goût des Parisiens. Ce prince eut à lutter contre bien des ennemis et bien des obstacles. C'est dans le manoir de Beauté, auprès de sa bien-aimée, qu'il venait se consoler de ses tristesses et de ses ennuis, et la tendre Agnès, toujours courageuse, toujours dévouée, se montra à la hauteur de son rôle. Elle releva de nouveau l'énergie de son amant, lui fit prêter dix millions par Jacques Cœur, et, afin de le décider à recouvrer la Normandie par la force des armes, afin de raffermir sa volonté ébranlée, elle qui était accoutumée à toutes les recherches de la vie des cours, elle se résigna à supporter toutes les privations de la vie des camps; elle le suivit à l'armée.

Mais le sentiment des services qu'Agnès Sorel avait rendus à la France et au roi ne put la préserver de la

ıaine de celui qui devait être Louis XI, du dauphin, fils
de Charles VII.

Charles VII avait à peine reconquis la capitale de son
royaume, que les mécontents et les indisciplinés qu'irritaient la perspective de l'ordre et le changement du régime se révoltèrent contre l'autorité royale. Le dauphin
se mit à leur tête.

Agnès Sorel excita le roi à la résistance et lui conseilla la fermeté. La révolte fut domptée par la force, et
l'héritier de la couronne fut contraint de faire sa soumission. Il obéit à la nécessité, mais il ne pardonna jamais
son humiliation à la maîtresse de son père.

Ce fut le dernier acte d'influence d'Agnès Sorel. Le
dauphin lui suscita tant d'ennemis et tant d'ennuis que,
se voyant presque abandonnée par le faible Charles VII,
qui n'osait plus la protéger, elle quitta la cour pour habiter tour à tour son château de Loches ou son manoir
de Beauté.

On dit que Charles VII venait quelquefois encore consulter son ancienne maîtresse sur les affaires d'État,
lorsqu'elle était dans cette dernière demeure, et on
ajoute que jusqu'à la dernière heure elle eut le crédit
de lui inspirer des résolutions courageuses et des mesures énergiques.

Agnès Sorel mourut à l'âge de **quarante** ans d'une

orte dyssenterie, le 9 février 1449, à six heures du soir,
dans la ferme du Mesnil, qui dépendait de la célèbre abbaye de Jumiéges. Sa fin prématurée a inspiré au poëte
Baïf cette touchante ballade :

> Mais las! elle ne put rompre la destinée
> Qui, pour trancher ses jours, l'avait ici menée
> Où la mort la surprit... O mort! cette beauté
> Devait par sa douceur fléchir ta cruauté ;
> Mais la ravissant à la fleur de son âge,
> Si grand que tu cuidais n'a esté ton outrage.
> Car si elle eût fourni l'entier nombre de jours
> Que lui pouvait donner de nature le cours,
> Ses beaux traits, son beau teint et sa belle charnure
> De la tarde vieillesse allait subir l'injure,
> Et le surnom de belle avecque sa beauté
> Lui fust pour tout jamais par les hommes osté ;
> Mais jusques à sa mort l'ayant vue toujours telle,
> Ne pouvait lui oster le surnom de belle.

Agnès Sorel fut inhumée dans l'église de Notre Dame-
de-Loches, où Jacques Cœur lui fit élever un tombeau
sur lequel on lisait ces tristes paroles : « O mort! toujours inflexible, tu as arraché de la vie un si beau corps
dans ses plus jeunes années ! »

La ferme du Mesnil, où mourut Agnès Sorel, n'existe
plus ; l'abbaye de Jumiéges n'est qu'une vaste ruine ; le
tombeau que lui fit construire Jacques Cœur a disparu

de l'église de Loches, mais le souvenir de la dame de Beauté est resté dans l'histoire comme l'un des plus doux et des plus poétiques souvenirs des temps chevaleresques.

LA COMTESSE DE CHATEAUBRIAND

—

LA DUCHESSE D'ÉTAMPES

—

DIANE DE POITIERS

LA COMTESSE DE CHATEAUBRIAND

—

LA DUCHESSE D'ÉTAMPES

—

DIANE DE POITIERS

———

La comtesse de Chateaubriand, la duchesse d'Étampes et Diane de Poitiers sont trois pécheresses inséparables dans les souvenirs de l'histoire, car elles ont été contemporaines, elles ont été rivales d'influence et d'ambition, comme d'esprit et de beauté, et elles ont lutté sur le terrain des affaires plus encore que sur le terrain des plaisirs ; aussi elles tiennent de l'homme d'État au moins autant que de la femme d'amour.

Je ne suis même pas sûr de ne pas me tromper en classant ces trois favorites royales au rang des belles pécheresses. Je devrais plutôt les ranger parmi les femmes politiques ; elles se donnaient au roi et non à l'homme, elles se donnaient par esprit de domination et non par tendresse de cœur; elles ne se donnaient pas, elles se vendaient pour se faire payer leurs faveurs en influence. Mêlées aux intrigues de cour, aux luttes du temps, elles étaient de vrais chefs de parti, mettant leur beauté au service de la cause qu'elles avaient embrassée, et ne tenant à être aimées que pour assurer à cette cause l'appui de leur amant.

Née en 1495, Françoise de Foix venait d'être mariée au comte de Chateaubriand, au moment où François Ier, qui était né en 1494, et qui avait épousé, en 1514, la fille de Louis XII, la princesse Claude, montait, âgé de vingt-un ans, sur le trône de France.

Jaloux à l'excès, le mari de la future favorite cachait sa femme à tous les regards; elle vivait solitaire au fond d'un manoir de Bretagne, lorsque le roi fit publier par tout le beau royaume de France qu'une cour sans dames ressemblait à un printemps sans roses, et convia toutes les jeunes châtelaines du temps aux fêtes de Fontainebleau.

Un message spécial de la reine fut envoyé à la comtesse de Chateaubriand, dont on vantait les charmes et les séductions, pour l'inviter à venir orner ces fêtes de sa présence.

Mais le renom de galanterie de la cour de François Ier

inquiétait fort le comte de Chateaubriand ; aussi fit-il promettre à sa femme de ne pas venir à cette cour si dangereuse pour la vertu des filles d'Ève, à moins de recevoir l'anneau d'or, marqué au sceau de ses armes qu'il portait à son doigt.

Informé de cette recommandation, le roi fit enlever au comte de Chateaubriand cette précieuse bague et la fit parvenir à la femme de ce courtisan trop ombrageux.

Trompée par cette ruse, la fille de Jean de Foix se rendit au palais de Fontainebleau, et bientôt on comprit, à l'influence qu'elle exerçait, qu'elle avait le droit de tout obtenir du roi, parce qu'elle lui avait tout accordé. Les deux amants étaient à peu près du même âge.

La comtesse de Chateaubriand était ambitieuse ; elle ne chercha pas à cacher sa liaison avec François Ier ; elle fit, au contraire, parade de son pouvoir, et mit de l'ostentation à disposer publiquement des plus hauts emplois de la cour et de l'armée, de l'Église et de la magistrature, d'abord en faveur de sa famille, ensuite en faveur des partisans de la réforme religieuse qu'elle protégea ouvertement auprès de son royal amant.

Telles étaient déjà la dégradation des caractères et la dépravation des mœurs, que ses parents et ses amis acceptèrent sans scrupule les honneurs, les dignités et les richesses qui leur venaient par elle. Ce n'était pas alors une honte pour les femmes d'être les maîtresses du roi, et, quoique la source de leur crédit fût impure, il ne manquait pas de courtisans heureux et fiers d'utiliser à leur profit un crédit fondé sur une passion illégitime et criminelle.

La comtesse de Chateaubriand ouvrit, sous François Ier, l'ère des favorites de cour qui, nées dans les rangs les plus élevés de noblesse d'épée de leur époque, se prostituèrent publiquement au souverain dans le seul but de satisfaire leur vanité par l'éclat de leur faveur et leur ambition par l'étendue de leur pouvoir.

Mais le règne de cette belle pécheresse, que l'histoire accuse de s'être donnée à l'amiral de Bonnivet et au connétable de Bourbon en même temps qu'au roi, ne fut pas de longue durée. Ce n'est pas qu'il y eut tout d'abord une rupture brusque et violente. Cette liaison agonisa longtemps avant de mourir tout à fait ; elle subsista simultanément avec le caprice passager que Diane de Poitiers sut inspirer à François Ier, et ne se brisa complétement qu'à la naissance de la passion profonde et absolue qu'il éprouva pour Anne de Pisseleu, qui devait être si célèbre sous le nom de duchesse d'Étampes.

On doit même supposer que la comtesse de Chateaubriand ne se crut pas, même alors, à tout jamais abandonnée et délaissée, car elle parut encore à la cour de

France parée d'une riche broderie que le roi lui avait envoyée; mais ce fut le dernier acte de courtoisie et de prodigalité de François Ier envers cette maîtresse détrônée. Il ne devait pas tarder à se montrer à son égard aussi sordide qu'il s'était montré généreux.

Si les historiens ont été véridiques, ce roi, dont on vante le caractère chevaleresque, se conduisit cependant avec la belle comtesse de Chateaubriand d'une façon indigne d'un gentilhomme. Devenu indifférent, il lui fit redemander les joyaux qu'il lui avait donnés quand il en était amoureux, et sur lesquels on lisait des galantes devises que Marguerite de Navarre avait composées. Justement indignée, elle les fit fondre, et les remettant en cet état au messager de son ancien amant :

« Portez cela au roi, dit-elle ; puisqu'il lui a plu de me reprendre ce qu'il m'avait si libéralement octroyé, je le lui renvoie en lingots. Quant aux devises, je les ai si bien empreintes et colloquées en ma mémoire, et les y tiens si chères, que je n'ai pas souffert que personne en disposât et en eût du plaisir que moi-même. »

Ainsi finit cet épisode d'amour, un moment mêlé à ceux dont Diane de Poitiers et la duchesse d'Étampes furent les héroïnes.

Rentrée dans l'ombre et le silence de son manoir de Bretagne, la comtesse de Chateaubriand mourut paisiblement en 1537, à l'âge de quarante-deux ans. Clément Marot, qu'elle avait protégé et qui ne l'avait pas oubliée, lui fit une épitaphe en vers, d'un caractère tout philosophique. Voici cette épitaphe :

> Sous ce tombeau où gît Françoise de Foix,
> De qui tout bien chacun vouloit dire,
> Et, le disant, onc une seule voix
> Ne s'avança de vouloir contredire.
> De grand'beauté, de grâce qui attire,
> De bon savoir, d'intelligence prompte,
> De biens, d'honneur et mieux qu'on ne racompte
> Dieu esternel richement l'estoffa.
> O viateur, pour t'abréger le compte,
> Ci-gist un rien, là où tout triompha.

Quand la comtesse de Chateaubriand mourut, la duchesse d'Étampes régnait depuis longtemps en souveraine absolue sur le cœur du roi et à la cour de France ; elle y régnait depuis le voyage que la duchesse d'Angoulème avait fait, en 1526, à Bayonne, pour y recevoir son fils qui revenait de Madrid, après sa captivité.

Cette princesse était entourée d'un brillant essaim de demoiselles d'honneur. La plus séduisante de ces rayonnantes beautés était Anne de Pisseleu, fille du seigneur de Meudon.

La future duchesse d'Étampes était née en 1508 ; elle

avait donc dix-huit ans à cette époque; le roi en avait trente-deux.

La statuaire et la peinture ont également transmis à la postérité les traits de cette frêle et ambitieuse favorite du roi. Le Primatice a retracé son portrait sur la toile. Jean Goujon a ciselé son buste dans le marbre; ainsi deux grands artistes lui ont donné l'immortalité; ils ont fait plus pour elle que François Iᵉʳ, qui n'a pu lui accorder que quelques années de pouvoir.

Les historiens s'accordent généralement à dire que la duchesse d'Étampes n'était pas régulièrement belle. Aucune intelligence ne rayonnait sur son front trop avancé; aucune expression n'animait ses yeux d'un bleu opaque; son nez était un peu long; elle aurait eu une bouche divine, si la proéminence de ses joues rebondies n'en eût effacé en partie le charme ineffable. Ce qui la distinguait, c'était surtout cette fraîcheur de peau, cet éclat de teint qu'ont volontiers les jeunes filles d'une organisation vigoureuse lorsque, élevées dans les châteaux, elles mènent, dès leur enfance, une vie active, presque masculine. Son caractère, du reste, ressemblait à sa beauté; il avait plus d'énergie que de suavité.

François Iᵉʳ, qui avait quatorze ans de plus que la fille du seigneur de Meudon, fut soudainement et visiblement impressionné en l'apercevant parmi les demoiselles d'honneur de la duchesse d'Angoulême, et quelques jours à peine s'étaient écoulés depuis cette première entrevue, qu'il en était passionnément épris.

L'amour consola François Ier de toutes les misères du royaume, il lui fit tout oublier : les souvenirs de Pavie, les souffrances de sa captivité, les sacrifices de sa rançon, tout, jusqu'au départ de ses deux fils, livrés au roi d'Espagne à titre d'otages de l'exécution du traité de Madrid, qui stipulait que le vaincu de Pavie, veuf alors de la reine Claude de France, épouserait la sœur de Charles-Quint, Éléonore d'Autriche, veuve également du roi de Portugal.

La duchesse d'Étampes, il est vrai, était savante dans l'art de la séduction. Il est certain qu'elle a dû le grand empire qu'elle prit tout de suite sur le cœur et sur la volonté de François Ier à sa grande facilité de tendresse et d'abandon. Élevée à l'école corrompue des cours, elle avait déjà, malgré son extrême jeunesse, assez d'expérience pour comprendre qu'une maîtresse assure sa domination sur un amant d'une façon d'autant plus durable et plus certaine qu'elle lui témoigne plus d'amour.

Le premier usage que la fille du seigneur de Meudor avait fait de son pouvoir sur le roi avait été de se faire accorder pour prix de ses faveurs le titre de duchesse d'Étampes. Cette preuve éclatante et publique de sa puissance n'avait aucunement fait scandale à la cour de France. Au contraire : tous les courtisans s'étaient prosternés devant ce soleil qui se levait avec tant d'orgueil et de splendeur ; chacun s'était empressé autour de la favorite.

La duchesse d'Étampes se fit par goût et par penchant la protectrice des savants et des poëtes sceptiques et même des hardis novateurs de l'époque, tels que Rabelais, qu'elle fit nommer curé de Meudon ; Calvin, qu'elle défendit auprès du roi, engageant son amant à la tolérance envers le protestantisme naissant, comme la comtesse de Chateaubriand l'avait fait avant elle ; Clément Marot, qui fut bientôt au nombre de ses flatteurs. Un jour qu'elle revenait d'un long voyage et que la fatigue avait altéré la fraîcheur de son teint, il improvisa en sa présence ce rondeau digne d'un courtisan de profession :

> Vous reprendrez,
> Je l'affirme par la vie,
> Ce teint que vous a osté
> La déesse Beauté
> Par envie.

Il faut être juste, Clément Marot n'était que reconnaissant envers la duchesse d'Étampes, en lui payant en hommages poétiques la protection qu'elle accordait à cet esprit trop enclin à la révolte et trop porté vers l'héré-

sie. Elle lui fit traduire en vers les psaumes qu'elle avait
déjà fait traduire en prose par Calvin. Le soir on lisait
et on psalmodiait ces psaumes sous les grands arbres
qui ombrageaient le Pré aux Clercs en les accompagnant
d'une musique harmonieuse.

La cour tout entière assistait à ces fêtes semi-poéti-
ques, semi-religieuses, semi-musicales. Cette mise en
scène fit le succès des vers de Clément Marot et ils firent
tant de bruit que François Ier en accepta la dédicace. Ce
fut un double triomphe pour la réforme et pour le poëte.

La fille du seigneur de Meudon avait pour les nou-
veautés religieuses de l'époque une si grande faiblesse
que, lorsque François Ier avait songé à lui donner un
mari complaisant qui servît de manteau à leurs amours
illégitimes, il avait cherché ce mari parmi les sectaires
de Calvin et lui avait fait épouser, dès 1526, le sire Jean
des Brosses.

Je ne sais pas trop comment ce disciple de la réforme
parvint à concilier cette infamie qui dénotait autant de
dépravation de cœur que d'avilissement de caractère,
avec l'austérité apparente des mœurs protestantes. Toujours est-il qu'Anne de Pisseleu, devenue madame des
Brosses en vertu d'un mariage régulier, n'en continuait
pas moins à être la maîtresse de François Ier et qu'elle
n'en garda pas moins, avec sa situation de favorite, son

titre de duchesse d'Étampes. Il est vrai qu'elle recevait encore une pension de cinquante mille livres sur le trésor royal, ce qui, pour l'époque, était une somme considérable. C'est sans doute en considération de cet argument que son mari accepta la honte d'une pareille union. On aurait compris qu'après, et que malgré l'éclat de sa faute, s'il l'eût aimée, il l'eût épousée, lui riche, elle pauvre, en l'arrachant des bras du roi. Mais lui donner son nom pour l'y laisser, lui étant pauvre, elle étant riche, c'est un excès d'ignominie qui, alors comme aujourd'hui, ne pouvait exciter que le mépris.

La duchesse d'Étampes n'était pas cependant le seul astre qui brillât alors à la cour de France. Celui de Diane de Poitiers s'était levé avant; il ne devait se coucher qu'après.

Prédestinée à jouer un rôle considérable sous le règne d'Henri II par l'influence de sa merveilleuse beauté, Diane de Poitiers était fille du seigneur de Saint-Vallier, capitaine de cent hommes d'armes. Née le 3 septembre 1499, elle avait grandi dans un château situé sur les bords du Rhône, au milieu de la chaîne de montagnes des côtes du Vivarais, où l'on montre encore aujourd'hui une roche célèbre connue sous le nom de *Roche taillée.*

Dès l'âge de six ans, Diane de Poitiers suivait son

père à cheval à la chasse. Elle n'avait que dix ans lorsqu'elle fut fiancée au grand sénéchal de Normandie,
Louis de Brézé, comte de Maulevrier, petit-fils par sa
mère de Charles VII et d'Agnès Sorel. Le mariage fut
célébré et accompli trois ans plus tard, le 6 novembre
1512, presque sur un champ de bataille d'Italie.

Diane de Poitiers fut aimée de François Ier après Françoise de Foix, comtesse de Chateaubriand, avant Anne
de Pisseleu, duchesse d'Étampes, ou, pour être plus
exact, eut pendant le règne de l'une et de l'autre, une
place secondaire dans le cœur de ce prince inconstant
et léger.

On a prétendu que Diane de Poitiers, encore jeune
fille, avait donné sa virginité à François Ier pour rache-
ter la tête de son père, condamné à mort comme complice du connétable de Bourbon, dont il était l'ami et
dont il partagea le crime.

C'est une fable. La fille du seigneur de Saint-Vallier
était mariée depuis onze ans et avait vingt-quatre ans à
l'époque du procès de son père. Huit ans après, en 1531,
elle devint veuve, et les historiens du temps affirment
qu'elle pleura et regretta sincèrement son mari, quoiqu'elle lui eût été infidèle pendant sa vie.

Du reste, on ignore la date réelle des relations intimes de François Ier et de Diane de Poitiers. Cette liai-

son n'eut jamais un grand éclat, et tout prouve que la femme du comte de Maulevrier ne régna jamais seule sur le cœur du fils de la duchesse d'Angoulême Son influence, qui devait être si prépondérante sous le règne de Henri II, fut alors très-limitée et extrêmement partagée. Le roi, quand elle devint sa maîtresse, n'avait pas encore complétement rompu avec la comtesse de Chateaubriand, puisque la disgrâce de cette favorite n'eut lieu que plus tard, lorsqu'elle fut définitivement remplacée par la duchesse d'Étampes.

Il semble également que Diane de Poitiers ait encore joui d'un reste de faveur après l'avénement de cette orgueilleuse favorite qui fut plus sa rivale d'ambition que sa rivale d'amour. A l'exemple d'Agnès Sorel, elle avait encouragé François Ier à lutter énergiquement contre les ennemis de la France ; elle l'avait excité aux actions héroïques, aux vaillances chevaleresques. C'est peut-être ce qui explique la continuité de leurs relations plutôt amicales qu'amoureuses.

La fille du seigneur de Saint-Vallier, elle aussi, était avant tout une femme de parti. Elle apporta tout d'abord une excessive ardeur et une passion extrême à la défense de la foi catholique. Aussi, dès 1525, elle s'alliait à la maison de Guise et obtenait de la duchesse d'Angoulême, régente de France pendant l'absence de son fils, alors prisonnier de Charles-Quint et captif dans une prison de Madrid, l'érection en duché du comté de Lorraine.

C'est sans doute cette attitude de Diane de Poitiers qui fit de la duchesse d'Étampes la protectrice énergique des partisans de la réforme. En favorisant le protestantisme contre le catholicisme, elle élevait en réalité drapeau contre drapeau.

La duchesse d'Étampes et Diane de Poitiers représentaient alors à la cour de France, moins deux influences d'amour, rivales et simultanées, que deux religions et deux politiques ; elles personnifiaient même deux doctrines artistiques et littéraires, car sur ce terrain aussi elles luttaient à armes égales, l'une plus jeune, l'autre plus séduisante ; l'une encore aimée du roi régnant, l'autre déjà aimée de l'héritier présomptif ; l'une dominant le père, l'autre gouvernant le fils.

Henri II, encore enfant, avait vu Diane de Poitiers pleurer sur sa triste destinée, lorsqu'il partit pour Madrid, où il devait attendre dans la captivité que François Iᵉʳ eût racheté la liberté de ses fils, en exécutant la clause relative à son mariage avec la sœur de Charles-Quint, obligation qui ne fut remplie qu'en 1529, après le traité de Cambrai, où cette clause matrimoniale se trouvait reproduite.

Quand ce prince était revenu en France, il avait vu cette femme d'une beauté radieuse le prendre dans ses bras, l'élever sur ses genoux, le couvrir de baisers de mère pour le consoler de ses souffrances passées. Il s'était instinctivement attaché à elle, l'aimant tout à la fois d'un double amour de fils et d'amant. Il n'avait que onze ans, elle en avait déjà trente, mais elle était si belle, si séduisante...

Il nous reste de Diane de Poitiers de merveilleux portraits, qui ne rendent cependant que d'une façon incomplète le charme irrésistible de sa personne. Il est des attractions que l'art est impuissant à reproduire. Il y avait dans la beauté de cette enchanteresse quelque chose d'idéal qui n'a pu passer sous le pinceau du peintre, et qui s'est éteint avec son âme, éteint avec ce souffle d'amour du regard et du sourire qui s'évapore avec la vie. Il est des expressions de physionomie si pénétrantes que l'artiste le plus habile ne saurait les retracer sur la toile. Elles entrent profondément dans le cœur pour y créer la passion, mais elles sont matériellement insaisissables et indéfinissables.

On explique l'empire que Diane de Poitiers a exercé jusqu'à cinquante ans sur un roi qui avait dix-neuf ans de moins qu'elle, par le soin qu'elle avait de sa beauté. On a dit qu'à cinq heures du matin elle était debout, se

trempant dans un bain d'eau froide, qu'ensuite elle faisait à cheval, galopant ou chassant, une longue course
de deux heures ; puis, à son retour, elle se couchait sur
un lit de repos, calmant son sang agité en lisant des ro-
mans de chevalerie ou des livres d'histoire jusqu'à
l'heure de son déjeuner.

Si ce genre de vie suffisait à conserver les apparences
de la jeunesse, que de femmes l'adopteraient avec enthousiasme, et combien le monde serait plein de Dianes
de Poitiers. Pourquoi ne pas vouloir qu'elle ait été une
exception ?

La rivalité de la duchesse d'Étampes avec Diane de
Poitiers éclata publiquement lors du tournoi qui fut
donné dans la rue Saint-Antoine par le roi François Ier
en l'honneur d'Éléonore d'Autriche, reine de Portugal,
qu'il venait enfin d'épouser.

Toutes deux furent choisies pour disputer le prix de la
beauté. Ce fut à elles que les chevaliers qui croisèrent
l'épée dans cette circonstance offrirent, selon qu'ils tenaient pour l'une ou pour l'autre, leur gage de bataille.

Le jeune Henri, ayant à peine douze ans, choisit ostensiblement pour sa dame Diane de Poitiers ; ce fut
pour elle que fut son premier coup de lance ; ce furent
ses couleurs qu'il adopta pour ne plus les quitter qu'avec
la vie. Dès ce moment, même lorsqu'il fut marié à Ca-

therine de Médicis, il ne quitta plus sa maîtresse adorée, la suivant partout, au bois, à la chasse, et vivant tout à fait de sa vie.

La duchesse d'Étampes préférait la littérature classique et l'art ancien ; cela devait être, car Diane de Poitiers affectionnait l'art moderne et la littérature nationale ; l'une avait déjà la sécheresse de l'esprit philosophique et le froid raisonnement des sceptiques du dix-huitième siècle ; l'autre avait gardé, avec la foi du moyen âge, la nature chevaleresque de cette époque d'enthousiasme et de piété ; mais les artistes et les poëtes les immortalisaient également toutes les deux dans leurs œuvres.

Les artistes et les poëtes sont de tous les partis, parce qu'ils ne sont d'aucun.

L'amour, du reste, était la loi suprême de la galante cour de France. Le roi voulait que les gentilshommes de son entourage, qu'ils fussent ou ne fussent pas mariés, eussent des maîtresses, et que les femmes de son intimité, qu'elles eussent ou n'eussent pas de mari, eussent des amants.

Il paraît que l'on ne se piquait pas, à cette cour spirituelle et légère, d'une fidélité exemplaire, je ne dirai pas à sa femme ou à son mari, mais à sa maîtresse ou à son amant. La duchesse d'Étampes elle-même oubliait quelquefois le roi dans les bras de quelque page, comme pour justifier ces deux vers déjà célèbres :

> Souvent femme varie,
> Et bien fol qui s'y fie.

La galanterie était si profondément entrée dans les mœurs du temps, qu'en 1536, lors de l'invasion de la Provence par les Allemands et les Espagnols, l'armée royale s'étant mise en route pour Avignon, les dames de la cour de France suivirent leurs amants à la guerre et vécurent sous leurs tentes. Ainsi la duchesse d'Étampes accompagnait François Ier, Diane de Poitiers accompagnait le jeune prince, qui bientôt allait être Henri II.

Ce fut quelque temps après que Charles-Quint, ayant traversé la France du consentement de François Ier, assista, dans le palais de Fontainebleau, à une fête splendide dont la duchesse d'Étampes était la véritable reine.

Le roi, montrant sa maîtresse à l'empereur, lui dit gaiement dans une minute d'abandon :

« Savez-vous ce qu'elle me conseille ? De vous retenir prisonnier.

— Si le conseil est bon, mon frère, il faut le suivre, » répondit Charles-Quint en souriant.

Mais, un peu plus tard, la duchesse d'Étampes lui ayant offert une aiguière pour qu'il y trempât ses mains dans l'eau, l'empereur y laissa tomber une bague ornée d'un magnifique brillant, et la pria d'accepter, à titre de souvenir, ce riche bijou, ce qu'elle fit sans se faire prier. Depuis, elle ne renouvela plus son conseil. O puissance du diamant sur la femme !

La dernière heure de domination de la fille du seigneur de Meudon allait sonner. Le 31 mars 1547, François Ier mourut dans le château de Rambouillet. Leur liaison avait duré sans trouble vingt-un ans.

Le lendemain, il y eut deux reines : l'une, qui n'avait que vingt-huit ans, c'était Catherine de Médicis ; l'autre, qui avait quarante-huit ans, c'était Diane de Poitiers qu'Henri II créa aussitôt duchesse de Valentinois, lui donnant ainsi, par lettres patentes, l'un des plus grands titres et l'un des plus beaux domaines du royaume de France.

Dans les derniers temps de son règne, la duchesse d'Étampes avait eu la mauvaise inspiration de persécuter avec acharnement Diane de Poitiers. Celle-ci s'en vengea en obtenant de son royal amant un ordre d'exil contre son ennemie. Du reste, toutes les influences s'effacèrent complétement devant l'influence de cette favorite de quarante-huit ans, qui gouvernait sans partage le cœur d'un roi à peine âgé de trente ans. Il est vrai que le portrait et que le buste qu'on a d'elle, le premier de Primatice, le second de Goujon, et qui sont de cette époque, disent qu'elle avait la grâce naïve et la beauté rayonnante d'une toute jeune femme. Ce qui est du moins certain, c'est la passion sincère, le profond amour, l'inaltérable tendresse qu'Henri II eut pour elle jusqu'au jour où il mourut, après douze ans de règne, blessé dans un tournoi par le comte de Montgomery, n'ayant eu qu'un seul amour et ayant aimé trente ans la même femme.

Cette femme était digne d'être aimée ainsi, non-seulement par la noblesse de son cœur, mais aussi par la dignité de son caractère.

Avant même qu'Henri II eût rendu le dernier soupir, Catherine de Médicis fit inviter la duchesse de Valentinois à se retirer de la cour. Celle-ci demanda si le roi était mort, et comme on lui répondit qu'il était vivant : « Je n'ai donc point encore de maître, dit-elle ; que mes ennemis sachent que je ne les crains point ; quand le roi ne sera plus, je serai trop occupée de la douleur de sa perte pour que je puisse être sensible aux chagrins que l'on voudra me donner. »

Diane de Poitiers avait toujours eu l'âme fière. Un jour, Henri II annonça qu'il allait faire légitimer une fille qu'il avait d'elle. « J'étais née, reprit-elle aussitôt, pour avoir de vous des enfants légitimes ; je vous ai appartenue parce que je vous aimais ; je ne souffrirai pas qu'un acte du parlement me déclare votre concubine. »

Loin de s'affaiblir avec le temps et par la possession, l'amour d'Henri II pour Diane de Poitiers s'accrut d'année en année. Ce qui paraîtra singulier de nos jours, c'est que cet amour était publiquement avoué, officiellement affiché, sans que Catherine de Médicis, femme légitime du roi, semblât se préoccuper des témoignages irrécusables de la passion de son mari pour une rivale en titre.

Ainsi le palais de Fontainebleau, les châteaux de Chenonceaux et de Chambord, le palais du Louvre, sont pleins de souvenirs et de preuves de cette passion. Ici, ce sont les chiffres entrelacés de Diane et d'Henri ; là, c'est le portrait de cette belle pécheresse qui se retrouve cent fois sous le pinceau des peintres, sous le ciseau des sculpteurs, dans les fresques, dans les médaillons, sous mille formes et sous mille costumes.

Henri II avait publiquement adopté la devise de Diane de Poitiers. A son tour, elle n'en avait pas voulu d'autre que le chiffre de son royal amant.

Anne de Pisseleu, duchesse d'Étampes, et Diane de

Poitiers, duchesse de Valentinois, eurent une fin bien différente.

Après avoir perdu François Ier, la première se jeta résolûment dans le protestantisme, qu'elle embrassa à Genève, et tomba dans une telle obscurité qu'on ne sait même pas le lieu de sa mort, qui eut lieu en 1576.

Après avoir perdu Henri II, la seconde alla vivre dans le deuil et la solitude du château d'Anet, où les Guise et les Montmorency venaient seuls la visiter, et où elle mourut le 22 avril 1566, dix ans avant sa rivale.

Le vent des révolutions a emporté cette délicieuse demeure, où il n'a pas même respecté son tombeau, œuvre de Jean Goujon et de Philibert Delorme ; cette demeure qu'elle avait créée, où elle avait aimé, où elle avait pleuré, et il ne reste plus rien d'elle, plus rien ; si ce n'est un poétique souvenir qui rayonne dans le passé, doux et suave comme un souvenir d'amour.

LA COMTESSE DE GRAMONT

—

GABRIELLE D'ESTRÉES

—

HENRIETTE D'ENTRAGUES

LA COMTESSE DE GRAMONT

—

GABRIELLE D'ESTRÉES

—

HENRIETTE D'ENTRAGUES

———

De toutes les belles pécheresses dont le souvenir se mêle aux souvenirs du règne d'Henri IV, il n'en est aucune qui ait gardé dans l'histoire une physionomie à la fois plus poétique et plus tendre que la fille de Paul d'Audouins, vicomte de Louvigny, surnommée la belle Corisandre. Son véritable prénom était Diane. Née en 1554, elle avait été mariée, en 1567, au comte Philibert de Gramont.

Henri IV n'était encore que le roi de Navarre, et, tout roi de Navarre qu'il était, il n'avait ni sou ni maille, ni terre ni palais. C'était, en un mot, un fier gentilhomme et un vaillant capitaine, mais un prince pauvre, guer-

royant contre les Espagnols ou bataillant contre ses sujets, vivant au jour le jour, et courant de château en
château, tantôt pour y chercher un refuge, tantôt pour y
établir le quartier général de sa petite armée de reîtres,
de lansquenets et de montagnards.

Cela se passait en 1583, trois ans après la mort du
comte de Gramont. Sa veuve avait alors vingt-neuf
ans. Henri IV, qui en avait trente, la rencontra dans une
de ses courses aventureuses, l'aima et s'en fit aimer.
Seulement son amour à lui fut, comme tous ses amours,
ardent, mais sensuel, hardi, mais frivole ; son amour à
elle fut tout sentiment, tout dévouement, un véritable
amour de roman de chevalerie des âges d'enthousiasme
et de foi, l'amour d'un grand cœur et d'une imagination
passionnée.

Quand on étudie de près la vie, les mœurs et le caractère d'Henri IV, d'abord roi de Navarre, puis roi de
France, ce roi perd beaucoup de son prestige de héros
et de sa renommée de galanterie. Il aimait les femmes,
mais il n'eut jamais le culte de la femme.

Dans son adoration ou, pour être plus vrai, dans sa
passion pour les filles d'Ève, il n'obéissait qu'à la fougue
des sens, non aux entraînements du cœur. On cherche-
rait en vain dans ses nombreuses amours les aspirations
idéales ; on n'y découvre que les attractions physiques. En

un mot, il fut uniquement homme de plaisir, et ce fut seulement la force de son tempérament qui le porta à braver tous les dangers matériels ou toutes les considérations morales pour satisfaire ses caprices. Le cœur ne fut jamais pour rien dans ses liaisons si promptement formées, si aisément dénouées avec des femmes qui furent aussi vite oubliées qu'elles avaient été ardemment adorées.

Henri IV, du reste, sut toujours allier l'amour à la politique, les plaisirs aux affaires, et si violentes que furent ses passions, elles ne lui firent jamais oublier ses intérêts. Ainsi, lorsqu'il s'éprit de la comtesse de Gramont, il calcula sans doute que cette maîtresse aurait pour lui un double mérite, et qu'il trouverait auprès d'elle un peu d'argent et beaucoup de volupté ; c'est en effet ce qui arriva.

Lorsque ce prince séduisit la comtesse de Gramont, il était marié depuis treize ans à Marguerite de Valois, que les tracasseries de la cour de Pau avaient forcée de se retirer dans ses domaines d'Auvergne. Il ne s'en battait pas moins avec acharnement dans son petit royaume avec sa bravoure accoutumée, contre les révoltés de Béarn, aidés d'une armée d'Espagnols. Il envoyait à sa maîtresse les étendards qu'il prenait à ses ennemis, et il en recevait en échange tout l'or qu'elle faisait, en engageant ses fiefs, ses châteaux et ses terres. Le beau rôle n'était pas à coup sûr de son côté.

La comtesse de Gramont avait tous les héroïsmes de l'amour, comme elle en avait toutes les tendresses. Elle aimait Henri IV, parce qu'il y avait dans cette liaison illégitime un côté chevaleresque et poétique qui charmait son imagination.

La situation du roi de Navarre était difficile. Il lui fallait maintenir sa domination dans le Béarn par la force, sans argent, presque sans soldats. Cette situation présentait des périls à braver, des obstacles à vaincre. Diane s'associait pour ainsi dire au malheur et au courage ; c'est ce qui l'enthousiasma. Moins on pouvait l'accuser de rechercher, en se donnant à son amant, les avantages et les faveurs dont jouissent d'habitude les maîtresses des souverains, plus elle osait faire éclater publiquement sa passion.

Dès les premiers temps, la fille du vicomte de Louvigny s'éleva de cœur et d'esprit à la hauteur des circonstances. La nuit, elle était la maîtresse d'Henri ; le jour, elle était l'amie du roi. Après les heures de volupté venaient les heures d'affaires. Elle se faisait initier à toutes les craintes, à tous les projets, à toutes les espérances de son amant ; elle le conseillait, elle le secondait dans toutes ses entreprises ; elle s'identifiait enfin avec lui, avec son présent, avec son avenir, comme si elle eût été sa femme légitime, la vraie reine, comme si elle eût été Marguerite de Valois, qui alors ne s'inquiétait guère de ce que faisait, de ce que devenait son époux.

La guerre a ses exigences : souvent les événements séparaient pour quelques jours Henri IV et la comtesse de Gramont. Une correspondance suivie s'établissait alors entre elle et lui. Leurs lettres existent encore. Ces lettres prouvent que les affaires d'État étaient le sujet principal de leurs entretiens et de leurs préoccupations, et que par l'énergie de son caractère et la hauteur de son intelligence qui égalait sa tendresse de cœur et son dévouement d'amante, la belle Corisandre eût été digne de s'asseoir sur le trône de Navarre.

La comtesse de Gramont eut quelque temps le droit de caresser ce rêve en imagination. Henri IV lui avait fait une promesse de mariage, et il lui assurait que les deux enfants qu'il avait d'elle seraient un jour les héritiers légitimes du royaume de Navarre ; il songeait alors, pour complaire aux huguenots, à rompre son mariage avec Marguerite de Valois, dont le catholicisme effrayait ses sujets. Mais le roi de Navarre promettait beaucoup aux femmes dont il voulait les faveurs, et une fois qu'il n'avait plus rien à leur demander, il oubliait volontiers les engagements qn'il avait pu prendre envers elles.

En amour, les procédés de ce prince étaient vulgaires et grossiers ; il y mettait peu de scrupules, peu de délicatesse, et il n'est aucune de ses maîtresses qui n'ait eu à se plaindre de sa brutalité et de sa déloyauté. La belle Corisandre devait la première faire la triste épreuve de l'égoïsme et de la légèreté de son royal amant. Quoiqu'elle fût d'une illustre race du midi de la France, elle attendit vainement le divorce de Henri de Bourbon et de Marguerite de Valois. Ce divorce, d'ailleurs, eût-il eu lieu, il est certain que ce n'est pas elle qui serait devenue reine de Navarre. Celui qui devait être roi de France était déjà plein d'ambition ; il aurait su trouver mille prétextes pour ne pas unir irrévocablement sa destinée à la destinée de sa maîtresse, afin de se réserver la possibilité d'épouser une princesse quelconque.

Henri IV, du reste, renonça même momentanément à ses projets de divorce, car de nouvelles et brillantes perspectives se présentèrent bientôt à son esprit froid et calme. François II était mort sans héritier, Charles IX était mort sans héritier, le dernier des Valois, Henri III, n'avait pas d'enfants. Lui mort à son tour, sans héritier, le roi de Navarre devenait roi de France.

Seulement, si le roi de Navarre devait ménager les huguenots pour affermir son pouvoir, le roi de France, au contraire, devait flatter les catholiques pour conquérir sa couronne.

La situation était changée ; Henri IV allait changer également de tactique, et l'amant de la belle Corisandre se ressouvint tout à coup qu'il était le mari de Marguerite de Valois, princesse catholique, princesse de la maison régnante. Comme il ne laissait jamais surprendre son cœur, il lui était toujours facile d'obéir à la raison. Au lieu de songer à divorcer, en présence de l'éventualité de la mort de Henri III, mort qui, en effet, devait lui ouvrir plus tard le chemin du trône de France, il ne pensa plus qu'à se rapprocher des hommes considérables restés fidèles à la foi de nos pères.

Dès ce moment, la comtesse de Gramont, qui n'avait de crédit et d'influence que dans le Béarn, où sa famille avait toujours occupé un rang élevé, ne pouvait plus lui être utile ; en outre, il était rassasié d'elle ; elle ne disait plus rien à ses sens et elle ne pouvait pas plus servir désormais à ses plaisirs qu'à ses intérêts. Il la rejeta comme on rejette un citron dont on a pressé tout le jus, et, oubliant même qu'elle s'était ruinée pour lui, il le fit brutalement, sans forme aucune, sans aucune prévenance qui adoucît la sécheresse de son procédé.

En définitive, Henri IV aimait les femmes en soldat et non en gentilhomme, et on pourrait presque dire qu'il n'eut que des amours de garnison. Les guerres dans le Béarn l'avaient fait l'amant de la belle Corisandre ; ce furent ses combats dans l'Ile-de-France qui le firent l'amant de Gabrielle d'Estrées, dont le père était gouverneur de cette province.

Née en 1571, Gabrielle d'Estrées avait passionnément aimé toute jeune le duc de Bellegarde, brillant capitaine des chevau-légers qui avait acquis sur les champs de bataille le grade de maréchal de France, et qui était exilé en Piémont à l'époque où Henri IV vit pour la première fois sa fiancée, alors âgée de dix-huit ans, dans le château de Cœuvres qu'elle habitait avec sa famille.

Henri IV avait alors trente-six ans, dix-huit ans de plus que Gabrielle d'Estrées, juste le double d'âge. Il avait la peau noire, les cheveux déjà gris, la barbe et la moustache un peu blanches, le nez long et crochu, les traits gros, l'expression sensuelle, les yeux égrillards, le sourire moqueur, les dents jaunes et branlantes. Bref, s'il était brave dans les combats, sa personne n'était rien moins que séduisante, et il était bien loin d'avoir l'aspect gracieux et poétique de l'amant que toute jeune fille voit en imagination dans ses rêves d'amour. Cependant il parvint à conquérir le cœur de la jeune et belle fiancée du duc de Bellegarde.

Le hasard avait conduit un jour de bataille Henri IV

dans le château de Cœuvre. Il s'éprit des grâces des Gabrielle d'Estrées dès cette première entrevue, et à l'instant même son sensualisme lui inspira la résolution d'en
faire sa maîtresse. Il devint l'hôte assidu de la demeure
seigneuriale qui servait d'asile à cette enchanteresse, et
il lui plut tout d'abord en l'amusant par son esprit go-
guenard et sa conversation légère.

L'héritier présomptif de la couronne des Valois fit avec
Gabrielle d'Estrées ce qu'il avait fait déjà avec la comtesse de Gramont ; il l'initia, il l'intéressa aux projets et
aux entreprises de son ambition, si bien que fascinée,
entraînée par les perspectives que lui faisait entrevoir
dans l'avenir le roi de Navarre, qui allait devenir roi de
France, elle oublia complétement le duc de Bellegarde.
Mais on doit supposer qu'elle succomba moins aux entraînements de son cœur qu'aux suggestions de sa vanité, et qu'il y eut dans la facilité avec laquelle elle se
donna à son amant plus de calcul que de tendresse.

Dans les premiers temps, la liaison d'Henri IV avec
Gabrielle d'Estrées se développa dans des conditions
analogues aux conditions dans lesquelles s'était déve-
loppée sa liaison avec la comtesse de Gramont. Il lui
fallait souvent s'éloigner de sa maîtresse pour aller com-
battre. Il s'entretenait alors dans ses lettres de ses dangers, de ses rêves, de ses succès, de ses fatigues, de ses

craintes, de ses espérances. Seulement on y remarque
un ton moins respectueux, une allure plus familière,
beaucoup d'ardeur, mais de cette ardeur sensuelle qui
indique moins l'amant qui aime que l'amant qui désire.
Le tempérament s'y manifeste plus que le cœur. A défaut de tendresse d'âme, on y admire une grande vivacité d'esprit.

C'était là, en effet, la qualité suprême de ce prince
qui eut des intrigues et non des passions. Un trait plus
caractéristique encore de son égoïsme et de sa dépravation, c'est qu'après avoir délaissé une maîtresse de trente-
cinq ans pour une maîtresse de dix-huit ans, il agit sans
pudeur avec la seconde comme avec la première ; il la
ruina pour solder ses troupes et pour suivre ses entreprises. Gabrielle d'Estrées imita la comtesse de Gramont ; elle aussi vendit ses bois, engagea ses domaines
pour fournir de l'argent à son amant.

On prétend même qu'ayant été ramené dans le Midi
par les hasards de la guerre et que revenu momentanément à la comtesse de Gramont sans avoir quitté Gabrielle d'Estrées, il y eut une époque où Henri IV, qu
n'était toujours que roi de Navarre, passait alternative
ment des bras de l'une dans les bras de l'autre, selon
qu'il combattait dans le Béarn ou en Picardie, et où il
acceptait de l'argent de l'une et de l'autre.

On dira tout ce qu'on voudra, mais cette conduite était ignoble, et de nos jours on montrerait au doigt celui qui suivrait ce triste exemple.

On comprend encore la comtesse de Gramont, alors abandonnée, regrettant, pleurant peut-être dans le deuil de son cœur et la solitude de son château l'amour de l'ingrat qu'elle aime toujours ; on l'excuse d'accepter ce regain de tendresse dans l'espoir de ramener à elle son ancien amant.

Mais il faut croire que Gabrielle d'Estrées ignorait les infidélités que lui faisait Henri IV pour une maîtresse qu'elle avait dû croire oubliée et dont elle devait craindre l'influence renaissante ; si elle les avait connues, elle n'aurait pas dû les pardonner, sinon par jalousie, du moins par dignité. Il est vrai que toute sa conduite prouve qu'elle était plus ambitieuse qu'elle n'était tendre.

Quoi qu'il en soit, après l'assassinat d'Henri III, la comtesse de Gramont, qui ne mourut qu'en 1620 complétement oubliée, disparut pour toujours de la scène du monde, où se jouaient ces comédies moitié galantes, moitié politiques. Ce fut elle qui eût le mieux mérité d'être aimée ; ce fut elle qui fut le moins récompensée de son dévouement. Gabrielle d'Estrées devait seule recevoir le prix de ses complaisances et le dédommagement de ses sacrifices. Elle était auprès d'Henri IV pendant le siége de Paris, régnant en maîtresse absolue sur sa volonté et se flattant de porter bientôt la couronne, car elle aussi avait de son amant une promesse de mariage.

Henri IV signait des promesses de mariage aussi facilement que les fils de famille signent aujourd'hui des lettres de change destinées à être protestées. Il savait bien qu'il ne ferait pas honneur à sa signature.

Au surplus, on s'explique difficilement la persistance de Gabrielle d'Estrées à attacher à cette vaine promesse de mariage une importance quelconque, car depuis qu'elle l'avait reçue, Henri IV avait fait avec elle ce que François Ier avait fait avec la duchesse d'Étampes, il lui avait cherché et il lui avait trouvé un mari de la trempe de Jean des Brosses. Celui-ci se nommait Nicolas de Lamorval, sire de Liancourt. Dans un but de honteuse ambition, il épousa celle qu'il savait être la maîtresse du roi, en acceptant l'humiliante condition de ne jamais user avec elle de ses droits de mari. On ne sait pas lequel des deux cet infâme marché déshonore le plus, du souverain qui l'impose ou du sujet qui l'accepte.

Gabrielle d'Estrées avait ostensiblement, dans le camp d'Henri IV, la situation de favorite royale. Elle occupa tour à tour, pendant le siége de Paris, deux petits pavillons situés : l'un sur le sommet de Montmartre, ayant sur la campagne une vue étendue, l'autre à l'extrémité opposée de la colline, au lieu appelé Clignancourt et ayant vue sur la plaine de Saint-Denis. C'est là qu'elle fut créée marquise de Monceaux, du nom d'un château qui existait près de Meaux. Ce château relevait d'un riche domaine dont le roi lui fit don.

Il ne reste plus de cette demeure féodale, qui fut témoin des plaisirs d'Henri IV et de la belle Gabrielle, que la chambre à coucher, séjour de volupté devenu un grenier à foin.

Gabrielle d'Estrées jouait au surplus auprès d'Henri IV le rôle que jouait autrefois auprès des sultans la sultane favorite. Elle était sa maîtresse en titre, sa maîtresse avouée, la maîtresse régnante; mais il la traitait en femme légitime et se piquait fort peu de fidélité envers elle. Il avait de nombreuses fantaisies dont les soucis et les soins, les peines et les fatigues du siége de Paris ne le détournaient pas, tellement il était dans son caractère, dans ses mœurs, dans son tempérament, de courtiser indifféremment toutes les jolies filles du peuple.

Dans le cours du siége de Paris, Henri IV fut contraint de faire en Normandie une rapide campagne pour secourir Rouen, menacé par une armée catholique.

Voici comment les historiens du temps parlent de la

vie que menait pendant cette campagne l'amant de Gabrielle d'Estrées. « Il était, disent-ils, le plus vaillant et le plus énergique de son armée; mais il en était aussi le plus jovial et le plus galant. On voyait pendant le combat son panache blanc partout dans la mêlée; mais hors du champ de bataille *il buvait comme un soudard, gaussait à merveille et caressait les belles.* »

C'est pendant cette campagne de Normandie, où, selon les expressions de l'époque, le roi, à table, se montrait *digne compère*, aimant les *propos joyeux*, ce qui signifie les conversations égrillardes, que fut composé ce chant devenu célèbre :

> Vive Henri quatre,
> Vive ce roi vaillant;
> Ce diable à quatre
> A le triple talent
> De boire et de battre
> Et d'être vert galant.
>
> J'aimons les filles
> Et j'aimons le bon vin,
> De nos vieux drilles
> Répétons le refrain :
> J'aimons les filles
> Et j'aimons le bon vin.

Gabrielle d'Estrées n'était pas un cœur aimant, mais un esprit ambitieux. Son amour pour le roi, en suppo-

sant qu'elle l'ait aimé, n'avait ni la délicatesse ni l'exclusivisme d'un amour sentimental et romanesque. Elle
pardonnait volontiers à Henri des infidélités qui ne lui
enlevaient rien de l'empire qu'elle avait sur le roi.

On prétend que Gabrielle d'Estrées, moins préoccupée
des affaires de cœur que des affaires d'État, détermina
le roi qui, le lendemain de la nuit terrible du 24 août
1572, s'était une première fois converti au catholicisme
pour revenir promptement au protestantisme, à abjurer
définitivement les doctrines de Luther et de Calvin, et à
rentrer dans le sein de l'Église catholique, apostolique
et romaine. Quoi qu'il en soit, cette nouvelle conversion
lui ouvrit les portes de Paris, en ce sens qu'elle permit
au duc de Brissac, gouverneur de la ville, de lui en ouvrir nuitamment les portes.

A dater de ce jour, Gabrielle d'Estrées montra claire-
ment qu'il y avait dans ses veines du sang de courtisane, car c'est en courtisane effrontée qu'elle agit, et
non en femme aimante. Elle ne se contenta pas d'afficher avec éclat sa liaison avec le roi ; elle y apporta un
tel excès de vénalité, elle déploya, aux frais du trésor
royal, un luxe d'une telle insolence ; elle vendit à son
profit, avec tant de cynisme, les charges publiques,
qu'il eût été difficile de croire à la sincérité de son affection, de croire surtout à son dévouement et à son désin-

téressement. Évidemment, l'ancienne fiancée du duc de Bellegarde s'était donnée au roi par calcul et par ambition, par vanité et par coquetterie.

Plus heureuse du moins que la comtesse de Gramont, Gabrielle d'Estrées ne fut pas trompée dans ses espérances. Elle avait fait publiquement, avec Henri IV, son entrée dans Paris, comme si elle eût été la vraie reine, avec tout l'appareil de la souveraineté. Depuis quelque temps déjà, elle avait renoncé à porter les armes de la famille de Liancourt, à laquelle appartenait son mari postiche, pour prendre, avec le titre de marquise de Monceaux, des armes personnelles. Plus tard, par lettres patentes du 29 juillet 1597, elle fut créée duchesse de Beaufort, avec un revenu fixe de 40,000 livres de rente.

Marguerite de Valois ne vivait pas avec son mari. Elle ne présidait donc pas aux fêtes de la cour.

C'était Gabrielle d'Estrées qui était ostensiblement la reine de ces fêtes. Elle avait ses appartements dans le palais du Louvre, où elle étalait une magnificence et un faste qui contrastaient fort avec la misère publique.

On raconte qu'ayant accepté d'être marraine du fils de madame de Sourdis, avec Henri IV pour parrain, elle tint son filleul sur les fonts baptismaux vêtue d'une robe de satin noir, surchargée de perles et de pierreries.

Ce jour-là fut un jour de grand scandale; d'abord,
parce que le roi contraignit les duchesses de Nemours
et de Montpensier à servir de chambrières à sa maîtresse; ensuite, parce que, pendant tout le temps de la
cérémonie du baptême, il ne fit que rire avec elle, *la
carressant,* selon les expressions des historiens du
temps, *tantôt d'une façon, tantôt de l'autre,* jusque
dans l'église.

Quoique la misère devînt chaque jour plus grande
dans Paris, Gabrielle d'Estrées semblait chaque jour
aussi afficher plus de luxe et de prodigalité. Les diamants, les perles, les dentelles en points de Flandre et
d'Angleterre, les plus riches étoffes ajoutaient à sa beauté
l'éclat des parures et les séductions de la toilette.

Un soir, on remarqua que, dans un ballet où elle figurait, elle portait un mouchoir brodé du prix d'environ
six mille francs de la monnaie actuelle. Les portraits
qu'on a d'elle, et qui sont de cette époque, la représen-
tent ayant sa belle chevelure, noire comme ses grands
yeux de flamme, enroulée sur le front et entourée de
torsades de perles fines. Cette coiffure relevait sa figure
trop ronde et trop enfantine.

Au-dessous de l'un de ses portraits, on lit le quatrain
suivant :

Fleur des beautés du monde, astre clair de la France,
Qui vous voit, vous admire et soupire en son cœur;
Mais, tout en même temps, votre regard vainqueur,
Donnant vie au désir, fait mourir l'espérance.

Au-dessous d'un second portrait, on lit cet autre quatrain :

Voici bien quelques traits d'un ange incomparable,
Mais le vrai ne se peut ici-bas imiter,
Car le ciel, de son mieux, l'a tant faite admirable,
Qu'elle étonne le monde et ne peut l'envier.

Le peuple parlait en termes moins flatteurs que les poëtes de Gabrielle d'Estrées, que ses prodigalités ruineuses pour le trésor royal faisaient détester des Parisiens, alors condamnés aux privations les plus dures, et à laquelle on reprochait également dans sa liaison avec Henri IV un excès d'effronterie qui froissait la cour et scandalisait la ville. Quand elle franchissait la porte du Louvre, richement parée, les archers de la garde, en la voyant passer, disaient : « Ce n'est rien qui vaille, *c'est la maîtresse du roi.* »

Mais cette maîtresse avait donné au roi de France deux beaux enfants, deux fils, César et Alexandre, et Marguerite de Valois, la femme légitime, était restée stérile.

On crut un instant que Gabrielle d'Estrées devrait à son titre de mère celui d'épouse.

On savait] qu'Henri IV poursuivait enfin sérieusement à la cour de Rome auprès du pape, par l'intermédiaire de l'habile Florentin Zametti, l'affaire de son divorce avec Marguerite de Valois; on ne doutait pas que, s'il réussissait, il n'épousât, pour légitimer ses fils, la mère de César et d'Alexandre, quoiqu'elle fût mariée, elle aussi, au sire de Liancourt. Il est vrai qu'avec un peu d'or on eût facilement fait consentir ce mari complaisant à la cassation de son mariage.

Marguerite de Valois elle-même avait cette conviction. Elle ne tenait pas à rester la femme d'Henri IV; mais elle souffrait dans son orgueil à l'idée d'être remplacée sur le trône de France par une courtisane, ainsi qu'elle qualifiait Gabrielle d'Estrées, dont elle parlait en termes si amers et si méprisants, qu'elle se rabaissait elle-même par la trivialité presque indécente de son langage, en croyant ne rabaisser que sa rivale.

La fille d'Henri II écrivait à Sully que si elle supposait que le roi voulait épouser une autre princesse qui pourrait lui donner des fils légitimes, elle consentirait volontiers au divorce, mais qu'elle ne s'y prêterait à aucun prix, tant qu'elle pourrait craindre qu'il se déshonorât en faisant monter près de lui sur le trône de France cette *fille* qui avait été la maîtresse du duc de Bellegarde, et qui était la femme d'un sire de Liancourt.

Tout se réunissait pour justifier ces suppositions qui cependant n'étaient pas fondées. Le négociateur secret du divorce, le riche Zametti, n'était-il pas l'ami de Gabrielle d'Estrées, le complaisant des amours du roi, qui allait souvent avec elle visiter les jardins du magnifique palais que ce financier diplomate avait fait construire au Marais, dans le voisinage des Tournelles ?

L'attitude d'Henri IV et de Gabrielle d'Estrées contribuait encore à accréditer l'idée qu'il songeait à en faire sa femme légitime. Elle suivait partout le roi, à la chasse, à Fontainebleau, à Saint-Germain, à Compiègne et jusqu'au parlement, lorsqu'il s'y rendait pour les affaires d'État, présidant avec lui aux conseils aussi bien qu'aux fêtes, et affrontant sans scrupule l'opinion publique.

Souvent on voyait Henri IV et sa maîtresse caracoler ensemble à cheval sur les grandes routes, elle vêtue de vert ; lui vêtu de gris, elle se rendait publiquement, soit dans le palais du Louvre, soit dans les châteaux de la couronne pour y retrouver son amant ou bien c'était lui qui publiquement aussi allait la visite en grande pompe dans sa résidence de Monceaux, où il

séjournait à loisir, et d'où il a daté plusieurs de ses or-
donnances.

Il est certain pourtant qu'Henri IV n'était pas plus
loyal envers Gabrielle d'Estrées qu'il ne l'avait été envers la comtesse de Gramont ; qu'il jouait la comédie
avec elle, comme il avait coutume de la jouer avec toutes
ses maîtresses, et qu'il ne lui promettait de l'épouser
qu'afin de la décider à être complétement à sa disposition et au service de ses plaisirs. S'il l'amenait avec lui
partout où il allait, c'est qu'il y trouvait sa convenance
et sa satisfaction ; s'il bravait le sentiment populaire,
ce n'était pas par amour pour elle, mais par égoïsme
pour lui ; enfin, la trompant sans scrupule comme il
en avait trompé tant d'autres, il n'attachait aucune valeur à la promesse de mariage qu'il lui avait faite, et
ne songeait nullement à la réaliser. Il ne parut un moment vouloir la tenir que pour avoir l'air ensuite, vis-à-
vis d'elle, de céder malgré lui à des raisons d'État en lui
manquant de parole.

Cependant, c'est en vain que cette insatiable favorite
venait d'être créée duchesse de Beaufort et dotée de
40,000 livres de rente. Ces faveurs ne pouvaient suffire
à sa vanité et à sa cupidité. C'était une femme de tête ;
son cœur était calme ; il n'y avait dans son âme aucun
souffle de passion ; il pouvait donc y avoir dans son es-

prit une entière liberté de réflexion. Sa pensée, que l'amour n'absorbait pas, avait le loisir de songer aux côtés positifs de la vie, et, au milieu des plaisirs et des enivrements de son existence agitée, elle n'oubliait ni les intérêts de son ambition, ni les calculs de son orgueil. Elle poursuivait donc avec persévérance son projet de devenir reine de France.

Tout à coup, la nouvelle de la prise d'Amiens par les Espagnols vint faire diversion aux préoccupations matrimoniales de Gabrielle d'Estrées. Henri IV entra subitement dans la chambre qu'elle occupait dans le palais du Louvre, tout botté, tout éperonné, lui disant : *Ma maîtresse, il faut quitter nos délices pour monter à cheval et recommencer la guerre.* Elle demanda à l'accompagner. Cette fois il refusa de l'emmener, et elle se mit à fondre en larmes, moins à raison de sa douleur que par la crainte de perdre par l'absence et l'éloignement quelque chose de son ascendant. Elle se retira dans sa résidence de Monceaux, où, installée dans une tourelle dont on voit encore les vestiges, elle attendait les messagers que le roi lui envoyait de l'armée.

A l'occasion de son départ pour la Picardie, Henri IV, qui était poëte, à ses heures, composa ce chant de guerre :

> Charmante Gabrielle,
> Percé de mille dards,

Quand la gloire m'appelle
A la suite de Mars,
Cruelle départie,
　　Malheureux jours,
Que ne suis-je sans vie
　　Ou sans amour !

L'amour sans nulle peine
M'a, par vos doux regards,
Comme un grand capitaine,
Mis sous ses étendards.
Cruelle départie.....

Gabrielle d'Estrées répondit à son amant dans la même langue, et rima les strophes suivantes :

Héros dont la présence
Fait mes plus doux plaisirs,
Que ta cruelle absence
Me coûte de soupirs !
Que ne puis-je te suivre
　　Dans les hasards,
Ou bien cesser de vivre
　　Lorsque tu pars !

Quoi ! toujours aux alarmes
Tu veux livrer mon cœur,
Le moindre bruit des armes
Le glace de frayeur.
Il n'est point de remède
　　A mon tourment,
Si le guerrier ne cède
　　Au tendre amant !

Mais les amours d'Henri IV et de Gabrielle d'Estrées touchaient à leur dernière heure ; ils devaient avoir un dénoûment funèbre, et la mort devait les rompre.

La paix de Vervins, en terminant la campagne de Picardie, avait amené à la cour du Louvre, en 1598, le cardinal de Médicis, qui plus tard fut le pape Léon XI. On reprit alors la négociation précédemment entamée à la cour de Rome par Zametti, pour le divorce d'Henri de Bourbon et de Marguerite de Valois, et on la reprit en menant de front, avec cette première négociation, une seconde négociation pour le mariage de ce même Henri de Bourbon avec Marie de Médicis, qui devait en effet devenir un jour reine de France.

Pendant que cette double négociation était conduite avec le plus grand secret et la plus grande célérité, Henri IV, qui joignait l'astuce à la bravoure, et qui, du reste, aimait à sa manière, c'est-à-dire sensuellement Gabrielle d'Estrées, fit tout pour endormir sa maîtresse dans une aveugle confiance et une fausse sécurité. C'étaient chaque jour nouvelles caresses et nouveaux serments, nouvelles fêtes et nouveaux présents.

A ce moment-là, Gabrielle d'Estrées était enceinte. Avait-elle le pressentiment du malheur dont elle était menacée ? Peut-être. Malgré son état de grossesse, et quoique toute fatigue fût contraire à sa santé, elle vou-

lait suivre Henri IV dans toutes ses excursions, à Compiègne, à Saint-Germain, à Fontainebleau.

De son côté, le roi qui se sentait coupable envers sa
maîtresse, qu'à ce moment-là même il trompait indigne-
ment, le roi semblait redoubler de preuves de tendresse,
comme pour la dédommager à l'avance du mal qu'il allait
lui faire. Ainsi, d'après divers articles du traité de paix
de Vervins, il fut décidé que leur fils César, créé duc de
Vendôme, serait élevé à la pairie et qu'il serait fiancé à
Françoise de Lorraine, ce qui eut lieu à Angers ; que leur
fils Alexandre hériterait, à la mort de sa mère, du duché de Beaufort ; enfin, qu'une fille du nom d'Henriette,
qu'ils avaient eue plus récemment, serait fiancée à Charles
de Lorraine, duc d'Elbeuf, projet qui fut également
réalisé.

En même temps, Henri IV écrivait à la mère de César,
d'Alexandre et d'Henriette des lettres aussi affectueuses
et aussi passionnées qu'aux premiers jours de leur liaison. Voici trois de ces lettres qui prouvent la duplicité
du roi, car à l'heure même où il les écrivait, il s'occupait de son projet de mariage avec Marie de Médicis :

« Mes chères amours, il faut dire vrai, nous nous ai-
mons bien ; certes, pour femme il n'en est pas de pareille à vous ; pour homme, nul ne m'égale à savoir

8.

bien aimer; ma passion est toute telle que lorsque je commençois à vous aimer, mon désir de vous revoir encore plus violent qu'alors; bref, je vous chéris, adore et honore merveilleusement. Mon Dieu, que cette absence se passe comme elle a commencé et bien avancé. Dans dix jours, j'espère mettre fin à ce mien exil, préparez-vous, mon tout, de partir dimanche, et lundi estre à Compiègne, si vous y pensez estre à ce jour... Bon soir, mon cœur, mon tout, je vous baise un millier de fois partout.

« HENRI. »

« Mes belles amours, deux heures après l'arrivée de ce porteur, vous verrez un cavalier qui vous aime fort, que l'on appele roi de France et de Navarre, titre certainement bien honnereux, mais bien pénible; celui de votre sujet est bien plus délicieux. Tous trois sont bons à quelques sauces qu'on veuille les mettre, et pas résolu de le céder à personne; mais c'est trop causer pour vous voir sitôt. Bon jour, mon tout, je baise vos beaux yeux un million de fois. Ce 22 septembre, de nos délicats déserts de Fontainebleau.

« HENRI. »

« Je vous écrit, mes chères amours, d'après votre

einture que j'adore, seulement parce qu'elle est faite
ar vous; non qu'elle vous ressemble, je ne peux en
stre juge compétent, vous ayant peint en toute perfec-
ion en mon âme, dans mon cœur, dans mes yeux.

« HENRI. »

Faveurs royales, lettres de tendresse, caresses amoureuses, rien ne parvenait à rassurer Gabrielle d'Estrées
vaguement inquiète, mystérieusement agitée d'un pressentiment funeste. Aussi elle consulta à ce sujet tous les
devins et toutes les nécromanciennes de l'époque. Il
paraît qu'il ne lui fut fait aucune prophétie conforme à
ses désirs et que personne ne lui prédit la couronne
royale. D'après quelques historiens, elle n'ignora pas
complétement les démarches du cardinal de Médicis,
car on affirme que faisant allusion tout à la fois à une
princesse espagnole qui fut proposée à Henri IV et
qu'il refusa définitivement et à la princesse italienne qui
devait remplacer Marguerite de Valois, elle s'écria un
jour : *Je n'ai aucune crainte de cette noire, mais l'autre me mène jusque dans la peur.*

La noire, c'était l'Espagnole; l'autre, c'était l'Italienne.

Gabrielle d'Estrées ayant enfin interrogé le célèbre
Pierre Victor Palma Cayet qui lisait dans l'avenir, l'illus-

tre tireur d'horoscopes lui annonça que sa nouvelle grossesse lui porterait malheur. Cette prédiction allait promptement se réaliser. Comme elle était dans le palais de Fontainebleau auprès d'Henri IV et qu'elle voulait communier, elle quitta la cour et vint à Paris se préparer à faire ses pâques. Elle descendit dans la demeure de Zametti, où elle se proposait de rester pour faire ses couches.

La maîtresse d'Henri entra dans cette demeure pleine d'illusions, car étant allée le jeudi saint, après avoir dîné avec les viandes les plus délicates et les plus friandes, entendre les ténèbres au petit Saint-Antoine et ayant trouvé là mademoiselle de Guise, elle montra à cette princesse deux lettres qu'elle avait reçues du roi le jour même, lettres passionnées dans lesquelles il parlait de son vif désir et de sa vive impatience de la voir reine. Quelques heures après, dans la soirée, elle devait apprendre la vérité de la bouche de Zametti. Aussitôt elle fut prise de violentes convulsions, se fit transporter au cloître Saint-Germain-l'Auxerrois, au domicile de sa parente, madame de Sourdis, et y expira le 10 avril 1599, à sept heures du matin.

On a parlé de poison. Qu'était-il besoin de poison? La douleur ne suffit-elle pas à expliquer cette mort si prompte et si terrible? Quel effet n'a pas dû produire

ur une femme qui se croyait sûre de l'amour du roi
a preuve de sa duplicité ? Le jour même où il lui écrit
qu'elle sera bientôt sa femme, qu'elle sera bientôt reine,
qu'il le veut, qu'il presse cet heureux moment de tout
son pouvoir, elle apprend qu'il ment, qu'il ne pense pas
un mot de ce qu'il dit et qu'il négocie son mariage avec
une autre.

L'orgueil blessé, l'ambition déçue, le renversement
subit de toutes ses espérances, la colère, l'indignation,
ont pu tuer Gabrielle d'Estrées, surtout dans l'état de
grossesse où elle se trouvait, sans qu'il ait été besoin de
recourir au poison. Après tout, l'assassinat moral est
aussi un crime. La femme qui meurt de désespoir par
l'abandon de son amant meurt assassinée tout aussi bien
que si elle avait reçu un coup de poignard.

Après la mort de Gabrielle d'Estrées on ouvrit son
corps et on en retira son enfant ; ce n'était plus qu'un
cadavre. L'effet des syncopes qu'elle avait éprouvées
en expirant fut tel que sa bouche était tournée vers la
nuque du col, ce qui la rendait si hideuse qu'on ne
pouvait la regarder sans détourner aussitôt les yeux avec
horreur.

On fit à la mère et à l'enfant de splendides funérailles ; les cercueils qui renfermaient leurs dépouilles furent placés sous un dais d'une grande magnificence

dans l'église de Saint-Germain-l'Auxerrois. Toute la cour assista au service funèbre et, après la cérémonie religieuse, les deux corps furent conduits à l'abbaye de Maubuisson.

Toutes ces splendeurs extérieures ne préservèrent pas la mémoire de Gabrielle d'Estrées de la haine populaire. Les poëtes même qui l'avaient chantée vivante l'accablèrent morte. Voici quelques vers qui peuvent servir d'échantillon des poésies posthumes dont elle fut le sujet, et qui font allusion à ses six sœurs présentes à ses obsèques :

> J'ai vu passer sous ma fenêtre
> Les six péchés mortels vivants,
> Conduits par le bâtard d'un prêtre
>   Qui tous allaient chantant
>   Un *requiescat in pace*
> Pour le septième trépassé.

Henri IV manifesta d'abord un violent chagrin, il prit le deuil avec ostentation ; mais il oublia bien vite sa maîtresse morte, non pour Marie de Médicis qu'il avait déjà promis d'épouser, mais pour un autre amour, pour une nouvelle favorite.

Charles IX avait eu sans éclat, sans bruit, une charmante maîtresse de petite bourgeoisie qui était restée dans l'ombre. C'était une belle et gracieuse Orléanaise nommée Marie Touchet, qui voulait le cœur du roi, qu'elle garda tant qu'il vécut, et non le pouvoir d'une favorite.

Lorsque Charles IX dut, par des raisons d'État, épouser la princesse Élisabeth, fille de l'empereur d'Allemagne, Marie Touchet le laissa faire, en disant : « *Cette rousse Allemande* ne me fait pas peur. » En effet, elle continua à en être seule aimée et en eut une fille qui fut appelée Catherine-Henriette.

Quatre ans après la mort de son royal amant, Marie Touchet épousa François de Balzac d'Entragues, gouverneur d'Orléans, qui légitima cette fille en s'en déclarant le père. Quelques jours après les obsèques de Gabrielle d'Estrées, Henri IV la vit et l'aima, ou plutôt la désira avec ardeur. Elle était d'une grande beauté et d'une grâce ravissante. L'amour du roi était une folie, car il avait vingt-cinq ans de plus qu'elle. Il était tout à fait impossible qu'il fût sincèrement aimé d'une aussi jeune fille. Tout aurait dû le lui faire comprendre. Dans tou les cas, elle agit avec lui de façon à ce qu'il ne pût douter qu'elle ne fût tout à fait indifférente à la passion qu'elle lui avait inspirée. Elle négocia en effet l'affaire de la vente de son corps absolument comme si elle eût traité de la vente d'une terre ou d'une maison, avec le même calme et la même ténacité, faisant ses conditions comme elle les eût faites pour un marché ordinaire.

La fille de Marie Touchet et de Charles IX ne fit aucune difficulté d'appartenir à Henri IV. Seulement elle discuta froidement le prix qu'elle voulait mettre à la possession de sa personne, et stipula avec fermeté les garanties qu'elle voulait pour l'avenir, avant de s'exposer à devenir mère sans être épouse ; elle exigea donc tout d'abord que celui qui aspirait au bonheur de devenir son amant adressât à celui que la loi avait fait son père une promesse de mariage conditionnelle ainsi conçue :

« Nous, Henri, roi de France et de Navarre, promettons et jurons devant Dieu, et foi et parole de roi, à mons de Balzac d'Entragues, que nous donnant pour compagne demoiselle Catherine-Henriette de Balzac, sa fille, au cas que dans six mois elle devienne grosse et qu'elle accouche d'un fils, alors et à l'instant nous la prendrons pour femme et légitime épouse, dont nous solenniserons le mariage publiquement et en face de notre mère sainte Église, selon les solennités en tel cas requises et accoutumées.

« HENRI. »

Une fois cette promesse de mariage en sa possession,
l'ambitieuse Henriette d'Entragues se hâta de se livrer
au roi avec le désir et l'espoir de devenir immédiatement enceinte et d'avoir d'Henri IV un fils qui ferait de
sa mère une reine de France. Il fallait se hâter, puisqu'elle ne pouvait faire valoir ses droits que pendant six
mois et que d'ailleurs, au premier moment, on pouvait
apprendre que le mariage d'Henri de Bourbon et de
Marguerite de Valois était rompu.

L'union projetée, depuis la paix, entre Henri IV et
Marie de Médicis devenant alors possible, il n'y avait
plus de motif de l'ajourner, et mis en demeure de se
prononcer, l'amant d'Henriette d'Entragues pourrait bien
oublier la promesse qu'il avait faite à sa maîtresse pour
obéir à ses intérêts de souverain.

Aussi, malgré la disproportion des âges, Henriette
d'Entragues courut elle-même au-devant des désirs
d'Henri IV, comme si elle l'eût positivement et réellement aimé. Toute sa conduite fut d'une prostituée de
profession. Elle avait fait avec le roi un infâme marché ;
elle avait considéré son corps comme une marchandise.

Elle ne s'était pas donnée, elle s'était bel et bien ven-
due pour un but déterminé à l'avance, comme les filles
de joie qui fixent, avant de se livrer, le prix de leurs fa-

veurs. Ce prix, elle tenait à le recevoir, et elle fit tout
pour que sa spéculation réussît.

Seulement Henriette d'Entragues s'abusait étrange-
ment sur la valeur de l'engagement que son royal amant
avait contracté vis-à-vis d'elle. Il songeait si peu à le
tenir, il croyait sa conscience si peu engagée par cet
écrit, qu'il continuait à poursuivre à la fois son divorce
d'avec Marguerite de Valois et son mariage avec Marie
de Médicis, faisant agir en même temps à Rome et à Florence. Cela ne l'empêcha pas d'écrire à sa maîtresse
des lettres très-tendres, comme par exemple celle qui va
suivre :

« Mon cher cœur, lui écrivait Henri IV, votre mère et
votre sœur sont chez Beaumont, où je suis convié à dîner
demain, je vous en manderai des nouvelles. Un lièvre
m'a mené jusqu'au rocher devant Malesherbes où j'ai
éprouvé combien des plaisirs passés, douce est la sou-
venance ; je vous ai souhaitée entre mes bras, comme je
vous y ai vue ; souvenez-vous-en en lisant ma lettre ; je
vous assure que cette mémoire du passé vous fera mé-
priser tout ce qui vous sera présent, pour le moins, vous
en faisiez ainsi en traversant les chemins où j'ai tant
passé, vous allant voir. Bonjour, mes chères amours, si
je dors, mes songes seront de vous ; si je veille, mes

pensées seront de même. Recevez ainsi disposée un million de baisers de moi.

« HENRI. »

La nouvelle favorite ne devait pas plus devenir reine de France que la comtesse de Gramont et Gabrielle d'Estrées ; mais elle eut immédiatement en don cent mille écus, et fut créée marquise de Verneuil. C'est avec ce titre qu'elle suivit la cour au palais de Fontainebleau, où Henri IV aimait à demeurer. C'est là qu'elle crut un instant que son rêve d'orgueil et d'ambition se réaliserait, lorsqu'elle apprit à l'amant dont elle espérait faire un époux, pendant une course à cheval qu'ils faisaient ensemble dans la forêt, qu'elle allait devenir mère.

Le réveil devait être douloureux. La foudre était tombée dans la chambre à coucher d'Henriette d'Entragues le jour de ses couches. Elle mit au monde un enfant mort. Du reste, cet enfant, eût-il vécu, sa naissance n'aurait rien changé à la résolution d'Henri IV d'épouser Marie de Médicis. Cette union, qui eut lieu en 1600, se célébrait en grande pompe à Florence, par procuration, au moment même où la maîtresse du roi se flattait de devenir la femme légitime de son amant, qui lui écrivait des lettres passionnées et lui faisait les protestations les plus vives, quand déjà la nouvelle reine avait quitté l'Italie pour se rendre en France.

En apprenant cette trahison, Henriette d'Entragues avait fui de la cour, disant que les noces d'Henri IV et de Marie de Médicis étaient ses funérailles ; elle écrivit à son amant une lettre désespérée.

Henri IV voulait bien prendre une femme, mais il ne voulait pas perdre sa maîtresse. Il quitta brusquement, à son arrivée à Paris, au milieu même des fêtes de leur mariage, Marie de Médicis, pour se rendre ostensiblement, au grand scandale de la cour, auprès d'Henriette d'Entragues, bien décidé à la ramener au Louvre. Elle consentit, en effet, à y reparaître, au grand déplaisir de la reine, dont on acheta le silence en accordant le marquisat d'Ancre à Concini, qui venait d'épouser Éléonore Galigaï, sa suivante favorite.

Le roman d'Henriette d'Entragues finit donc d'une façon inattendue. Après avoir ambitionné le titre d'épouse et le rang de reine, elle se contenta des témoignages publics de l'amour d'Henri IV dont elle resta la maîtresse avouée jusqu'au jour où l'inconstance de son amant lui donna une rivale.

Cette rivale fut mademoiselle De Bueil, avec laquelle le roi passa publiquement la nuit qui suivit le jour où il lui avait fait épouser M. de Chevallon. Mais cet amour de passage ne fut qu'un épisode sans importance dans la vie d'Henri IV, comme sa passion d'une heure pour la belle jardinière du château d'Anet, comme les fantaisies si nombreuses qu'il eut pour cent autres femmes ou filles dont l'histoire ne sait pas même les noms.

Henriette d'Entragues est donc, en réalité, la dernière favorite de ce règne. Elle avait eu du roi un fils qui fut évêque de Metz et marquis de Verneuil, et une fille qui devint duchesse d'Épernon. Celle qui avait rêvé la couronne mourut, en 1633, comme la duchesse d'Étampes, dans une complète obscurité et un profond oubli.

NINON DE LENCLOS

—

MARION DELORME

NINON DE LENCLOS

—

MARION DELORME

———

Charles VII avait tendrement aimé Agnès Sorel, François Iᵉʳ avait aimé les femmes, Henri II avait passionnément adoré Diane de Poitiers, Henri IV avait passionnément adoré les femmes. François Iᵉʳ et Henri IV avaient dominé leurs maîtresses ; les maîtresses de Charles VII et d'Henri II les avaient dominés.

Qui avait été plus heureux de François Iᵉʳ et d'Henri IV, ou de Charles VII et d'Henri II? A coup sûr, Charles VII et Henri II. Le plus heureux peut-être avait encore été Charles IX, dont l'amour sans ostentation pour la belle et tendre Marie Touchet était resté, sinon caché, sinon égaré, du moins renfermé dans les ombres mystérieuses de sa vie intérieure et privée.

L'obscurité de cette passion, qui donna sans doute d'autant plus de bonheur aux deux êtres aimants qui l'éprouvèrent, qu'elle rechercha moins le bruit et l'éclat, a fait que je n'ai pas dû mettre en relief, dans la galerie des belles pécheresses, le nom de Marie Touchet. Mais je salue ici de nouveau ce nom que j'ai déjà indiqué; je le salue, car celle-là du moins prouva qu'elle se donnait à l'homme et non au roi, puisqu'en accordant tout à l'homme, elle ne demandait rien au roi.

Le cœur de Louis XIII ne s'était ouvert qu'aux tendres émotions d'un amour tout idéal et tout poétique, amour qui n'avait jamais été une ivresse des sens et qui était resté un rêve de l'imagination; amour qui avait laissé vierge celle qui en fut l'objet, mademoiselle de Lafayette.

Sous ce règne écoulé entre deux grandes agitations politiques et religieuses, la Ligue et la Fronde, la piété et la chasteté s'étaient réfugiées sur le trône qu'abritait, à l'ombre de son génie, le cardinal de Richelieu, terrible aux ennemis de la France, terrible aux adversaires de la royauté, volonté de fer, âme de bronze, dont la passion du pouvoir fut la seule passion; le cardinal de Richelieu qui, cruel par raison et par patriotisme, maniait aussi bien la hache que la plume, se servait du bourreau autant que du soldat; le cardinal de Richelieu

nfin, qui d'une main décapitait l'aristocratie, chaque
our plus abaissée et plus affaiblie, et de l'autre main
randissait le roi, chaque jour plus respecté et plus
béi.

Alors, point de favorite royale effaçant par sa beauté,
on luxe, ses prodigalités, son influence, sa renommée,
a reine légitime reléguée dans l'ombre et la retraite.

C'était bien la femme de Louis XIII, c'était bien Anne
l'Autriche qui, se tenant sur le premier plan, recevait
es hommages de la cour dans le palais des rois, assise
ur un trône où nulle autre femme ne brillait à côté
l'elle.

Mais les mœurs publiques n'y gagnèrent rien; loin de
à, l'impiété et la débauche commencèrent à creuser
dans les régions élevées de la société française un lit
plus large et plus profond, et le torrent des corruptions
sociales coula à pleins bords chaque jour plus fougueux
et plus vaste.

Tous les hommes qui, à un titre quelconque, comp-
taient pour quelque chose, soit à la cour, soit à la ville,
s'affichèrent à l'envi avec les courtisanes en renom.

La scène des amours de grand scandale et de grand
éclat fut donc seulement déplacée, et le théâtre où bril-
lèrent les belles pécheresses du jour ne fit que changer
de caractère. Elles-mêmes eurent une autre physiono-

mie, une autre existence, d'autres mœurs, d'autres allures, un autre rôle, une autre destinée. Au lieu d'être
les favorites d'un roi, elles furent les reines de l'aristocratie élégante et spirituelle, brave et chevaleresque de la
cour de France, et elles le furent à la façon des courtisanes antiques de la trempe d'Aspasie, faisant de leur salon
le centre où se réunissaient les plus nobles, les plus illustres, les plus vaillants, les plus courtois, les plus
riches, les plus intelligents, les plus élevés, les plus
puissants ; se louant un peu à tous, selon leur caprice
ou la circonstance, mais n'appartenant jamais complète-
ment à personne, et surtout ne se donnant que pour se
reprendre.

Ainsi furent Ninon de Lenclos et Marion Delorme, les
deux types les plus éclatants des belles pécheresses du
règne de Louis XIII, prince mélancolique et timide que
la destinée avait placé comme une ombre triste et douce
entre son père, l'amoureux Henri IV, et son fils, le passionné Louis XIV. On peut même dire qu'elles personni-
fièrent une époque unique, un temps exceptionnel dans
la société parisienne, l'époque qui ressemble le plus, le
temps qui rappelle le mieux la société athénienne du
siècle de Périclès.

S'il n'y avait pas de favorite dans le palais du roi, il y
avait une nombreuse cour de princes, de gentilshommes

et de poëtes dans le salon de ces deux femmes vénales et corrompues autant que belles et spirituelles qui prêchaient la doctrine du matérialisme, enseignaient l'art de la prostitution, trafiquaient de leur corps et vendaient non l'amour, car l'amour qui s'achète et se paye n'est plus de l'amour, mais le plaisir, mais la volupté.

Ninon de Lenclos et Marion Delorme sont les premières courtisanes qui aient joué un rôle, qui aient été une influence, qui aient tenu enfin une place dans la société française, où elles allaient avoir bientôt de nombreuses imitatrices.

La voie était ouverte; la cour et la ville allaient s'y précipiter avec une sorte de frénésie de débauche et de dépravation qui ne devait se calmer qu'au pied de l'échafaud de Louis XVI et de Marie-Antoinette.

Trois règnes allaient venir : celui de la royauté majestueuse de Louis XIV, celui de la régence débraillée de Philippe d'Orléans, celui de la royauté avilie de Louis XV qui ne devait être qu'une longue orgie, mais une orgie parfumée où toutes les distractions de l'esprit dissimulaient la pourriture des âmes et les corruptions du cœur, où toutes les élégances de l'éducation recouvraient de leur séduisant vernis les effronteries du vice.

La domination des favorites royales devait renaître avec le règne de Louis XIV, renaître avec plus de scandale et de cynisme, et c'est du trône qu'allait descendre ouvertement, publiquement, l'exemple des amours adultères et des passions illégitimes ; le souverain allait donner le signal des débordements sans limite et sans frein, mais en conservant dans sa vie de débauche audacieuse, par le choix de ses maîtresses, par l'exclusivisme de ses affections, par la courtoisie de ses hommages, le sentiment de sa dignité et le respect de son rang, en un mot, en restant gentilhomme.

Au-dessous du trône, la société française, la société parisienne tout entière, allait se vouer avec fureur, avec emportement à la religion du plaisir, qui allait être la vraie religion jusqu'à l'heure où elle devait disparaître dans une mare de fange et de sang, décapitée, décimée sous le couperet de la guillotine.

Dans cette poursuite, de jour en jour plus ardente, de jour en jour plus passionnée de tout ce qui est jouissance, volupté, de tout ce qui est enivrement des sens, ivresse de l'imagination, émotion du cœur, entraînement de l'esprit, de tout ce qui fait oublier, les dames de la cour rivalisèrent, surtout sous la Régence et sous le règne de Louis XV, avec les demoiselles de l'Opéra ; les prostituées des salons luttèrent avec les prostituées des coulisses. Mais dans les unes et les autres on retrouvait encore la femme avec tous ses prestiges et toutes ses

grâces, toutes ses distinctions et toutes ses élégances.
Elles étaient corrompues, dépravées, mais non dégradées
et avilies.

Celles qui se vendaient à prix d'or gardaient jusque
dans leur vénalité, celles qui se donnaient par amour de
la débauche conservaient jusque dans leur lubricité le
sentiment de leur valeur, et les amants titrés qui prodi-
guaient aux unes leur fortune, aux autres leur temps,
hardis dans les boudoirs, braves sur les champs de bataille, spirituels dans les salons, vrais types de galanterie
chevaleresque et de courtoisie française, ménageaient
toujours dans leurs maîtresses, par respect pour leur
propre dignité, la dignité de la femme.

Depuis, comme tout a changé!

NINON DE LENCLOS

Voici du moins une vraie pécheresse qui aimait le plaisir pour le plaisir, et qui dans l'amour ne cherchait que l'amour. Ici, point de calcul d'intérêt ni d'ambition, point de suggestion de l'orgueil ou de la coquetterie. C'est la religion du sensualisme pratiquée franchement et loyalement avec autant de grâce que d'esprit par la plus belle et la plus voluptueuse, la plus adorable et la plus adorée des femmes d'une époque de galanterie.

Anne ou Ninon de Lenclos naquit à Paris en 1615; son père était un gentilhomme de Touraine; sa mère, de la famille des Raconis, appartenait également à la noblesse orléanaise. Restée orpheline à seize ans, elle se fit avec son patrimoine dix mille livres de rente viagère. C'était une fortune, c'était l'indépendance. Elle pouvait choisir celui des sentiers de la vie qui allait le mieux à son caractère et à son imagination. Elle choisit celui de la galanterie, non par nécessité, non par étourderie ou par ignorance, mais par goût et par tempérament, avec réflexion, ne voulant, de l'existence, cueillir que les roses.

Ninon de Lenclos avait tout pour plaire : elle avait toutes les séductions de l'esprit avec toutes les grâces du corps; elle connaissait la philosophie et la littérature de son pays et de son siècle; elle parlait admirablement l'italien et l'espagnol; elle jouait à merveille du clavecin et du luth; elle chantait et dansait à ravir. Voici le portrait que les écrivains du temps ont laissé de cette femme incomparable. Elle était d'une taille élégante et parfaite; elle avait le teint d'une blancheur éblouissante; de grands yeux noirs où régnaient à la fois la décence et l'amour, la raison et la volupté. Elle avait les dents, la bouche et le sourire admirables; un air de tête noble sans orgueil; une physionomie ouverte, tendre et touchante, un son de voix intéressant; de beaux bras, de belles mains, de la grâce dans tous ses mouvements, dans tous ses gestes. Enfin elle était belle et le fut toujours.

Ninon était décidée à vivre d'une vie de faciles plaisirs; mais elle n'était pas condamnée à la dure nécessité de trafiquer de ses charmes, elle pouvait se donner et non se vendre. Elle devait donc suivre librement ses inclinations et ses fantaisies. Le premier qui sut lui plaire et la séduire fut le jeune comte de Coligny.

Dès que la vierge rêveuse eut fait place à la femme expérimentée, dès qu'elle eut appris par l'étude de son cœur ce que l'amour serait pour elle, Ninon de Lenclos en fit une définition qui n'est vraie que pour les natures sensuelles, mais qui est fausse pour les natures aimantes. Voici cette définition :

« L'amour est un goût fondé sur les sens, une passion aveugle qui ne suppose aucun mérite dans l'objet qui le fait naître, ni ne l'engage à aucune reconnaissance ; en un mot, un caprice dont la durée ne dépend pas de nous, et est sujet au dégoût et au repentir. »

Lorsque Ninon de Lenclos fit ce paradoxe, elle avait cessé d'aimer le comte de Coligny, malgré sa jeunesse et sa distinction ; et comme elle se sentait gouvernée par son tempérament plus que par son cœur, comme elle pressentait qu'elle aurait de nombreux caprices, comme elle prévoyait qu'elle aurait des intrigues et non des passions, elle se justifiait à l'avance de son inconstance en inventant une morale de l'amour à son usage. Ce n'était pas une femme tendre, aux attachements sérieux, c'était une femme galante, aux liaisons frivoles. Je ne ferai pas l'histoire des nombreuses amours de Ninon. Ce livre ne pourrait y suffire. Je trouve plus simple de donner ici la liste de ceux de ses amants dont les noms sont arrivés jusqu'à la postérité. Les voici classés dans l'ordre chronologique de leur règne :

Le comte de Coligny,

Le marquis de Créqui,

Le comte de Palluan,

Le chevalier de Grammont,

M. de Courville,

Le marquis de La Châtre,

Le comte de Miossens,

Le comte d'Estrées,

L'abbé d'Effiat,

Le prince de Condé,

Le marquis de Villarceaux,

Saint-Évremond,

Le comte de Fiesque,

L'abbé de Chaulieu,

Le duc de la Rochefoucauld,

M. de Gersay,

Le marquis de Sévigné,

Pécourt, le danseur,

Le comte de Choiseul,

Le baron de Banier,

L'abbé Gédouin.

Aucun incident curieux, aucun souvenir caractéristique ne se rattache aux noms des trois premiers succes-

seurs du comte de Coligny, le marquis de Créqui, le comte de Palluan et le chevalier de Grammont.

M. de Courville mit à l'épreuve la probité et le désintéressement de sa maîtresse, qui se montra plus probe et plus désintéressée qu'un ami que son amant s'était fait dans les rangs du clergé.

Forcé de suivre sur les champs de bataille de la guerre civile le prince de Condé, au temps de la Fronde, cet amant réalisa toute sa fortune en espèces sonnantes. Elle s'élevait à trois cent mille écus. Il en fit deux parts et les remit en dépôt, l'une à cet ami, l'autre à sa maîtresse. Au retour de M. de Courville, l'ami nia le dépôt qu'il en avait reçu ; la courtisane rendit fidèlement celui qui lui avait été confié ; elle s'était contentée de disposer de sa personne en faveur du marquis de La Châtre.

Le marquis de La Châtre, qui oubliait la cour et la ville dans les bras de Ninon de Lenclos, reçut un jour un ordre du roi de se rendre à l'armée de Flandre. Il fallut obéir. Fou d'amour et de désespoir, avant de quitter Ninon de Lenclos, il la décida à s'engager par écrit à lui rester fidèle pendant toute la durée de son absence.

Deux jours après le départ de cet amant adoré, Ninon de Lenclos s'abandonnait au comte de Miossens, et ce fut dans les bras de cet amant du lendemain que le souvenir de l'écrit qu'elle avait signé à l'amant de la veille, lui venant tout à coup à la pensée, elle s'écria :

Ah! le bon billet qu'a La Châtre!

Telle est l'origine de ce dicton devenu populaire.

Le comte d'Estrées et l'abbé d'Effiat se crurent tous deux fondés à revendiquer la paternité d'un enfant de Ninon de Lenclos; chacun y avait, à ce qu'il paraît, des droits à peu près certains. Lequel des deux était le père du fils qu'elle mit au monde? C'est ce qu'elle-même ne pouvait dire. Ils imaginèrent de le tirer au sort.

Le hasard favorisa le comte d'Estrées, qui fit donner à cet enfant l'éducation d'un gentilhomme et lui fit prendre le titre de chevalier de la Boissière.

L'illustre prince, le célèbre capitaine qui mérita d'être appelé le grand Condé montrait une grande déférence pour cette séduisante courtisane qui fut quelque temps sa maîtresse. Souvent, à la promenade, on le vit faire arrêter son carrosse près de celui où elle se trouvait, descendre de voiture le chapeau à la main, et causer avec elle, lui à pied et tête nue, elle à demi couchée dans son équipage.

C'est à cette époque qu'Anne d'Autriche s'avisa d'envoyer à Ninon de Lenclos un exempt de ses gardes avec ordre de la conduire dans un monastère de son choix. La spirituelle courtisane déclara qu'elle voulait bien qu'on l'enfermât dans un couvent, pourvu que ce couvent fût celui des grands cordeliers. Ce bon mot désarma la reine.

Dans le cours de sa longue carrière de galanterie et de plaisir, Ninon de Lenclos eut cependant un accès de constance et de fidélité; elle aima pendant trois ans le marquis de Villarceaux et vécut, pendant ces trois années de solitude et de bonheur, confinée dans le château de cet amant privilégié.

Ce fut un ciel d'amour sans nuage, une vie de tendresse et d'abandon sans contrainte et sans remords à faire envie aux anges. Un jour, ou plutôt un soir, le marquis de Villarceaux, qui était d'une jalousie extrême, s'inquiéta en voyant de la lumière dans la chambre de sa maîtresse à une heure avancée; il lui fit demander si elle avait une mystérieuse correspondance. Elle répondit de façon à exciter sa défiance. Il en fut affecté au point d'en être malade et d'en avoir la fièvre. Lorsqu'elle l'apprit, dans un élan de passion elle coupa tous ses cheveux et les lui envoya pour le rassurer et le consoler en lui prouvant ainsi qu'elle n'attendait personne.

Le comte de Fiesque est le seul des amants de Ninon de Lenclos qui ait cessé le premier d'aimer. Il lui écrivit avec franchise qu'il n'avait plus d'amour pour elle. Blessée dans sa vanité plus que dans son cœur, elle jura de le ramener à ses pieds pour le délaisser ensuite. Elle coupa une seule boucle de sa magnifique chevelure et la lui envoya pour unique réponse. Il revint en effet auprès de sa maîtresse, et fut ensuite congédié sans cérémonie. Elle n'avait pas voulu qu'il fût dit qu'un homme l'eût quittée.

M. de Gersay eut de Ninon Lenclos un fils qui fut le chevalier de Villiers : charmant cavalier qui eut le malheur de devenir éperdûment épris de sa mère et qui se tua en apprenant d'elle la vérité.

Ninon de Lenclos avait soupé dans un cabaret du faubourg Saint-Antoine avec la maréchale de la Ferté, en compagnie de quelques hommes de cour. Le chevalier de Villiers était du nombre. Pendant la soirée, étant resté seul avec elle dans le jardin, il se jeta à ses pieds et lui parla de sa passion dans un langage si expressif que, pour échapper à ses embrassements, elle fut obligée de lui révéler le secret de sa naissance. Il s'éloigna aussitôt et se brûla la cervelle.

Ce funeste épisode est la seule goutte de sang qui ait taché de rouge la robe de gaze blanche de cette courtisane, qui fit de la prostitution pour la prostitution.

L'abbé Gédouin aima passionnément Ninon de Len-

clos, alors âgée déjà de plus de soixante-dix-neuf ans ;
après l'avoir fait attendre neuf mois, elle se donna à lui
la nuit même où elle atteignit sa quatre-vingtième année.
Il fut son dernier amant. Elle vécut encore dix ans et
mourut le 17 octobre 1706, en donnant à l'amour, qui
était sa religion et son Dieu, sa dernière pensée. *On
aime peut-être encore là-bas ;* telles furent les paroles
qu'elle prononça en sortant du monde où elle avait vidé,
jusqu'au fond, la coupe enivrante de la volupté.

MARION DELORME

Marion Delorme, qui se nommait, en réalité, Marie-
Anne Grapin, naquit le 5 mars 1607 à Balheram, près
de Giez. Elle était filleule de la comtesse de Saint-
Évremond, qui la fit venir auprès d'elle et l'installa dans
son hôtel de Paris, en qualité de demoiselle de compagnie. Vaugelas lui donna les premières leçons de gram-
maire, et Voiture lui enseigna le style. On voit que l'é-
ducation de son intelligence était en bonnes mains, et
qu'il n'y a pas lieu de s'étonner qu'elle ait brillé par la
culture de son esprit, aussi bien que par la beauté de sa
figure.

Marie-Anne Grapin avait seize ans lorsqu'elle était ve-
nue à Paris auprès de sa marraine. Elle était si jolie qu'on
ne pouvait la voir sans laisser aussitôt échapper un cri
d'admiration. Tant de charmes et de séductions devaient
attirer auprès d'elle tous les hommes jeunes et brillants
qui fréquentaient l'hôtel de la comtesse de Saint-Évremond. Elle eut bientôt une vraie cour d'adorateurs, où
l'on remarquait au premier rang un conseiller au Parle-

ment, de trente ans, du nom de Desbarreaux, ardent, amoureux, élégant et aventureux.

Desbarreaux fut le professeur d'amour de Marie-Anne Grapin, qui prit alors, pour complaire à son amant, le nom de Marion Delorme. Ils firent peu de sentiment, si on en juge par le langage de cette rivale de Ninon de Lenclos, qui déclare elle-même, dans ses confidences, qu'elle donna son cœur à ce brillant magistrat parce qu'il était assez *libertin* pour lui plaire. Il est vrai qu'elle ajoute aussitôt, avec une franchise qui ressemble beaucoup au cynisme du vice, qu'attendu qu'il n'était pas assez riche pour satisfaire toutes ses fantaisies de luxe et de dépense, elle se vendait à un autre chaque fois qu'elle avait besoin d'argent, ce qui paraît lui être souvent arrivé. Mais elle se justifie en affirmant qu'à cette époque elle n'aimait que lui, et qu'elle revenait toujours à ce favori de son cœur, plus tendre et plus caressante.

C'est de la morale de courtisane.

Les hommes sont bien fous ou bien sots, il faut en convenir, de se dévouer, comme parfois cela leur arrive, à de pareilles femmes, fussent-elles belles comme Marion Delorme, spirituelles comme Ninon de Lenclos. Le plaisir est l'aliment naturel et indispensable de la passion. Mais l'amour qui n'est que du plaisir avilit et dégrade à la fois l'amant et la maîtresse, surtout lorsque l'amant

ontinue à rechercher la maîtresse qu'il sait lui être
ifidèle.

Le règne de Desbarreaux ne fut pas, du reste, très-
ong. Le duc de Buckingham vint en France lorsque Marion
elorme avait à peine encore dix-neuf ans. Il la vit et la
ésira ; elle le regarda et céda. C'est elle-même qui ra-
onte ainsi le commencement de ses amours avec le fa-
ori de l'infortuné Charles Ier d'Angleterre. A la vérité,
larion Delorme était bien jolie et le duc de Buckingham
ien séduisant. Mais cette banale intrigue, nouée en
uelques minutes, dénouée en quelques jours, ressemble-
-elle en rien à ce qu'on appelle le sentiment de l'a-
nour ?

Marion Delorme était une vraie fille de joie, faisant
le son corps métier et marchandise, mais une fille de
oie franchement débauchée, courant après la volupté
ar tempérament, et après l'argent par prodigalité ;
ar les pièces d'or glissaient de ses mains ouvertes
omme des gouttes d'eau se seraient échappées de ses
nains fermées. Elle n'y mettait aucune pudeur, même de
angage ; elle appelait le surintendant des finances, d'É-
nery, l'entrepreneur général de sa dépense. Mais elle
ui préférait de beaucoup Saint-Évremond, qu'elle qua-
ifiait d'intendant de ses plaisirs.

Je m'arrête : on ne raconte pas la vie des courtisanes ;

il suffit de citer les noms de leurs amants les plus célèbres. Parmi ceux de Marion Delorme je vois figurer,
avec ceux que j'ai déjà nommés, le maréchal de la Meil-
leraie, le chevalier de Grammont, le duc de Brissac, le
gentilhomme de la chambre Villandri et, avant tout, le
grand écuyer Cinq-Mars, qui eut le honteux courage de
vouloir se l'enchaîner par un mariage secret. Heûreuse-
ment pour lui, ce mariage devint nul lorsque l'ordonnance
du 26 novembre 1639 déclara ces sortes d'unions de
plein droit illégitimes. Cinq-Mars, d'ailleurs, mourut peu
peu de temps après, décapité par ordre de Richelieu.

Deux chroniqueurs font vivre Marion Delorme jusqu'à
l'âge fabuleux de cent trente-cinq ans et lui font successivement épouser, après la rupture de son mariage secret avec Cinq-Mars, un pair d'Angleterre, un chef de
brigands de la Poméranie, et enfin le procureur fiscal
de Grez, qui mourut avant elle et la laissa pour la
quatrième fois veuve. Ce sont là des récits romanesques
sans preuve et sans authenticité, qui tiennent trop de la
légende pour qu'on y croie.

Ce qui paraît être vrai, c'est que Marion Delorme devint la femme légitime du procureur fiscal de Grez. Il
se nommait Lebrun, l'épousa malgré les hontes de sa vie
d'aventure et l'ignominie des sources de sa fortune,
parce qu'elle était riche et mourut avant elle.

De tout temps, on a vu de ces mariages où le mari
perd de sa considération, sans que la femme, dont on
ne peut oublier le passé trop connu, y gagne l'honorabi-
lité à laquelle elle aspire en vain. C'est le cas de rappeler, à l'usage des femmes perdues qui se figurent acheter l'estime publique en achetant un mari, ces deux
vers célèbres :

> L'honneur est une île escarpée et sans bords ;
> On n'y peut plus rentrer quand on en est dehors.

Tallemant des Réaux, moins fantaisiste dans ses biographies, fait mourir Marion Delorme à quarante ans,
d'une forte dose d'antimoine qu'elle prit pour se faire
avorter, selon l'habitude qu'elle en avait, lorsqu'elle était
enceinte. Cependant cette version, pour être moins romanesque, n'en est pas plus exacte ; une seule chose
paraît certaine : c'est qu'elle a été enterrée à Paris, dans
l'ancien cimetière Saint-Paul, sous le nom de Marie-Anne
Grapin, veuve Lebrun.

Voici textuellement le portrait moral et physique que
ce même Tallemant des Réaux a laissé de cette courtisane, dont on sait si peu la mort et même la vie :

Marion Delorme était fille d'un homme qui avait du

bien, et si elle eût voulu se marier, elle eût eu vingt-
cinq mille écus en mariage; mais elle ne le voulut pas.
C'était une belle personne et d'une grande mine, et qui
faisait tout de bonne grâce; elle n'avait pas l'esprit vif,
mais elle chantait bien et jouait bien du théorbe. Le nez
lui rougissait quelquefois, et pour cela elle se tenait des
matinées entières les pieds dans l'eau. Elle était magnifique, dépensière et naturellement lascive.

La plus grande gloire de Marion Delorme, gloire pos-
thume, c'est d'être l'héroïne de l'un des plus beaux et
plus poétiques drames de Victor Hugo, et d'avoir été
personnifiée sur la scène de la Comédie-Française et de
la Porte-Saint-Martin par madame Dorval. Ce souvenir
me rappelle les vers suivants du grand poëte moderne :

> Savez-vous,
> Vous, dont l'œil est si pur et le front est si doux,
> Savez-vous ce que c'est que Marion Delorme ?
> Une femme, de corps belle, et de cœur difforme !
> Une Phryné qui vend, à tout homme, en tout lieu,
> Son amour qui fait honte et fait horreur !

La vie de Marion Delorme n'a été, après tout, malgré
l'illustration de ses amants et l'éclat de ses débordements, que la vie vulgaire des filles de joie. Mais les

vers que je viens de rappeler ont si bien réussi à idéa-
liser la courtisane, tout en la flétrissant, que ce nom
méprisé exerce aujourd'hui sur l'imagination de la jeunesse plus de prestige, à coup sûr, qu'il n'en mérite.

Mᴸᴸᴱ DE LA VALLIÈRE

—

MADAME DE MONTESPAN

—

Mᴸᴸᴱ DE FONTANGES

Mlle DE LA VALLIÈRE

—

MADAME DE MONTESPAN

—

Mlle DE FONTANGES

———

Je crayonne des portraits, je n'écris pas des biographies.

Je passerai donc désormais plus rapidement encore sur les détails de la vie des favorites royales.

Ce que je dois peindre surtout avec exactitude, c'est la physionomie morale des maîtresses les plus célèbres de Louis XIV, du régent et de Louis XV, de celles seulement qui ont occupé une grande place et laissé un grand souvenir dans l'histoire, afin de mieux préciser le caractère général des mœurs de ces trois époques successives, de mieux constater la marche ascendante de la dépravation universelle et de la décadence sociale.

Louise-Françoise de la Baume Leblanc de La Vallière
était née en 1644 d'une famille noble du Bourbonnais
établie en Touraine. Toute jeune encore, elle perdit son
père et fut élevée dans le château de Blois, qui était la demeure de Gaston, duc d'Orléans, frère de Louis XIV. C'est
à cette circonstance qu'elle dut d'être admise au nombre
des filles d'honneur de la première femme de ce prince,
la célèbre Henriette d'Angleterre que le roi allait souvent visiter, attiré par le charme de sa conversation et
la grâce de sa personne.

Né en 1638, Louis XIV avait alors toute la fougue d'un
jeune prince qu'aucun frein n'arrête, qu'aucune crainte
ne retient, qu'aucune volonté ne domine, que rien enfin
n'intimide. Petit-fils de Marie de Médicis, fils d'Anne
d'Autriche, il avait dans ses veines du sang italien et du
sang espagnol mêlés au sang français. C'est ce qui explique son caractère, mélange de galanterie chevaleresque,
de sentimentalisme romanesque, d'ardeur sensuelle et
de fougue impétueuse ; c'était du reste un cavalier accompli.

Le fils aîné de Louis XIII maniait l'épée avec une
adresse incomparable ; il montait à cheval avec une merveilleuse élégance, il dansait avec une grâce ravissante ;
il était enfin hardi comme un page et savait fort bien
escalader les balcons avec une échelle de soie pour ga-

gner, de terrasse en terrasse, l'appartement des filles d'honneur dans le château de Saint-Germain ; de plus, il était roi.

Dans sa première jeunesse, entraîné par l'ardeur de son imagination et la fougue de son tempérament, Louis XIV s'éprenait vite et passionnément de jeunes filles laides. On cite dans le nombre Marie de Mancini, qui ne fut pas sa maîtresse et qu'il oublia pour épouser, à l'âge de vingt-un ans, en 1659. Marie-Thérèse d'Autriche, infante d'Espagne.

Louis XIV était donc marié depuis deux ans, lorsqu'il apprit, en 1661, qu'une des filles d'honneur de la duchesse d'Orléans, la plus jeune, celle qui se nommait Louise de La Vallière s'était éprise du roi de France.

Cette jeune fille avait dix-sept ans à peine ; tout le monde se plaisait à vanter sa vivacité d'esprit dont chacun admirait la grâce, mais qui cependant n'était pas régulièrement jolie et qui même boitait un peu. Ce qui faisait surtout le charme de sa personne, c'était son regard d'une douceur inexprimable et d'une langueur divine ; c'était l'expression touchante de sa figure d'ange, c'était l'élégance et la finesse de sa taille svelte et flexible. Voici, du reste, le portrait qu'en traça un peu plus tard un écrivain de l'époque : « Cette fille est d'une taille médiocre, mais fort mince ; elle marche d'un méchant

air à cause qu'elle boite ; elle est blonde, blanche, mar-
quée de la petite vérole ; elle a les yeux bruns, le regard
langoureux et passionné et quelquefois plein de feu, de
joie et de vivacité ; la bouche grande, assez vermeille ;
son esprit est brillant ; elle sait presque tout en histoire,
son jugement est solide. Elle a le cœur grand, ferme,
généreux et tendre. »

La curiosité du roi était vivement excitée ; un jour
qu'il s'était rendu auprès de la duchesse d'Orléans dans
le seul dessein de causer avec elle, dont on le disait
aimé, il rencontra mademoiselle de La Vallière dans les
salons d'attente, où il l'entretint en tête à tête derrière
une haute tapisserie qui formait portière entre les deux
premières pièces. En les voyant ensemble, les autres
demoiselles d'honneur s'étaient retirées par respect et
par discrétion ; mais elles avaient tout remarqué, et cet
incident fut aussitôt un événement qui donna lieu à toutes
sortes de conjectures et de commentaires.

On ne crut pas cependant à une passion, surtout à
une passion sérieuse. On se trompait. Louise de La Vallière avait séduit, enchanté, fasciné le roi dans cette
conversation d'une heure. A son tour, il l'aima, et comme
déjà son caractère absolu se manifestait, comme déjà il
n'entendait pas que rien fît obstacle à sa volonté, dès le
début, il afficha publiquement et audacieusement son

amour, sans s'inquiéter de ce qu'en penserait la cour, sans se préoccuper de ce qu'en diraient sa mère et sa femme. Il envoya ostensiblement à sa maîtresse des bijoux d'un grand prix.

Louise de La Vallière, au surplus, ne songea pas le moins du monde à faire un seul instant mystère de ce premier présent royal, car elle s'empressa de s'en parer au cercle des reines et aux yeux de la cour, mettant ainsi une sorte d'orgueil et d'ostentation à avouer qu'elle l'avait reçu.

Les romanciers et les poëtes ont fait une La Vallière de fantaisie, timide, rougissante, cédant au tendre et irrésistible penchant de son cœur, mais lui cédant avec remords et qui eût été heureuse de dissimuler son amour et de cacher son bonheur, si Louis XIV se fût prêté à une liaison mystérieuse. Ces mêmes romanciers et ces mêmes poëtes ont attribué au repentir la résolution qu'elle prit d'achever sa vie dans les austérités du cloître, résolution qu'elle ne devait du reste réaliser qu'en 1675, après une première fuite qui n'était qu'une feinte et une seconde tentative qui n'eut pas de résultat.

La vraie La Vallière était toute différente. On ne peut l'accuser d'ambition politique, car elle n'abusa jamais de son influence pour s'immiscer dans les affaires de l'État et pour dominer dans les conseils de la couronne;

elle ne se montra ni avide d'honneurs, ni intéressée, ni disposée aux intrigues. Elle aima sincèrement le roi; mais elle l'aima sans scrupule, sans retenue, avec l'audace de la passion qui s'avoue, presque avec le cynisme de l'adultère qui s'affiche. C'est publiquement, ouvertement qu'elle allait passer en tête à tête avec son amant, soit à Fontainebleau, soit à Saint-Germain, soit à Versailles, des heures, des journées, des semaines entières. C'est publiquement, c'est ouvertement qu'elle faisait ses couches; c'est publiquement, c'est ouvertement qu'elle recevait Louis XIV comme le père de ses enfants. Aucune ombre, aucun voile sur ces liens illégitimes dont elle tirait vanité, sur ces liens dont elle se montrait fière.

Le palais de Versailles n'était encore qu'un pavillon de chasse, souvent témoin, depuis trois ans, des entrevues et des plaisirs de Louis XIV et de mademoiselle de La Vallière. Le roi voulut que ce théâtre de son amour et de son bonheur fût consacré par un public hommage à la femme qui possédait toute son âme et qui était toute sa vie. Il imagina d'y donner une fête splendide en l'honneur de sa maîtresse bien-aimée. Ici je dois laisser parler M. Capefigue, le spirituel historien des *Reines de la main gauche*.

« Ces fêtes de Versailles, destinées à célébrer les amours du roi et de mademoiselle de La Vallière, furent annoncées pour le septième jour de mai 1664, sous ce titre : *Les Plaisirs de l'Ile enchantée, divisés en trois journées.* Le duc de Saint-Aignan, premier gentilhomme de la chambre, en avait commandé les préparatifs au machiniste italien Vigarini, et la troupe des Béjard fut chargée des ballets de la comédie.

« La première journée se passa tout entière en carrousel présidé par la reine Marie-Thérèse; mais mademoiselle de La Vallière était si près d'elle sur les gradins, tous les yeux étaient si particulièrement portés sur la demoiselle d'honneur de la duchesse d'Orléans, qu'on voyait bien qu'elle était la divinité véritable de la fête. Le roi, revêtu d'un brillant costume tout de diamants, représentait Roger, de l'Arioste, dans l'île d'Alcine. Comme dans les fêtes de la Renaissance en Italie, on vit les chars de Flore et d'Apollon traînés par des nymphes, des satyres, des dryades, qui vinrent saluer Roger, vainqueur du tournoi.

« Au banquet, le Temps, les Heures, les Saisons servirent les convives, abrités sous des bosquets et des taillis de roses et de muguets, la fleur de prédilection de mademoiselle de La Vallière.

« A l'extrémité de ces taillis, sur un théâtre de verdure, pendant la seconde journée, on eut la comédie. On joua *la Princesse d'Élide*, imitation des pièces espagnoles à la mode, héroïde à l'usage du roi et à l'adresse de ses galanteries. Tous les vers étaient des allusions qui flattaient les amours de Louis XIV. Un vieux courtisan disait au prince :

Moi, vous blâmer, seigneur, des tendres mouvements
Où je vois qu'aujourd'hui tendent vos sentiments !
Le chagrin des vieux jours ne peut aigrir mon âme
Contre les doux transports de l'amoureuse flamme ;
Et, bien que mon sort touche à ses derniers soleils,
Je dirai que l'amour sied bien à vos pareils ;
Que ce tribut qu'on rend aux traits d'un beau visage,
De la beauté d'une âme est un vrai témoignage,
Et qu'il est mal aisé que, sans être amoureux,
Un jeune prince soit et grand et généreux ;
C'est une qualité que j'aime en un monarque,
La tendresse du cœur est une grande marque
Que d'un prince à votre âge on peut tout présumer,
Dès qu'on voit que son âme est capable d'aimer.
Oui, cette passion, de toutes la plus belle,
Traîne dans son esprit cent vertus après elle,
Aux nobles actions elle pousse les cœurs,
Et tous les grands héros ont senti ses ardeurs.

« En courtisan habile, mais peu scrupuleux, Molière justifiait, glorifiait les amours de Louis XIV avec mademoiselle de La Vallière en présence de la reine elle-même ; il faisait allusion aux reproches que plus d'une

ois Anne d'Autriche avait adressés à son fils. Il peignait
aussi les chastes et tendres résistances de la jeune fille
l'honneur de la duchesse d'Orléans, elle dont la devise
avait toujours été : Diane chasseresse dans les bois.

Un bruit vient cependant de répandre à ma cour,
Le célèbre mépris qu'elle fait de l'amour ;
On publie en tous lieux que son âme hautaine
Garde pour l'hyménée une invincible haine,
Et qu'un arc à la main, sur l'épaule un carquois
Comme une autre Diane, elle hante les bois,
N'aime que la chasse, et de toute la Grèce
Fait soupirer en vain l'héroïque jeunesse.

« Le soir, dans le festin de la cour, mademoiselle de
La Vallière fut toujours placée tout auprès de la reine
et sur les estrades qui, le lendemain, furent dressées
pour contempler les plaisirs et les délices de *l'Ile enchantée* et l'embrasement du château d'Alcine au milieu des feux d'artifice. C'était encore de l'Italie qu'était
venu cet art pyrotechnique, ce mélange de feu, de fleurs
et d'eau, délicieux enchantement sous les portiques,
véritables décors du théâtre. Les fêtes durèrent huit
jours avec les jeux de bague, les tournois, les car-
rousels. »

L'éclat de cette liaison excita à la fin la colère et l'indignation d'Anne d'Autriche, de Marie-Thérèse et d'Henriette d'Angleterre, qui, un jour, se réunirent pour adresser ensemble dans le langage le plus aigre à mademoiselle de La Vallière les plus sanglants reproches. Elle en fut si froissée et si effrayée qu'elle se sauva, toute tremblante et tout émue, au couvent des bénédictines de Chaillot, où, bientôt instruit de sa fuite, Louis XIV furieux accourut la chercher en jurant de contraindre sa mère, sa belle-sœur et sa femme à laisser en repos sa Louise adorée.

C'est sans doute ce qu'avait voulu mademoiselle de La Vallière, car elle ne fit aucune difficulté de suivre son amant qui s'écria, au moment même où elle monta dans son carrosse, qu'il saurait montrer à tous ceux qui auraient l'insolence de déplaire à sa maîtresse qu'il était le roi.

A dater de ce jour, la situation de mademoiselle de La Vallière fut franchement avouée, et ce fut au grand jour qu'elle occupa le rang et qu'elle eut le titre de favorite royale; ce qui ne l'empêcha pas d'être reçue par la volonté de Louis XIV à la cour, au cercle des deux reines. Son amant lui donna pour résidence l'hôtel Brion, situé dans l'enclos du palais royal, hôtel qu'il fit meubler avec une magnificence princière. C'est là qu'elle devint mère, assistée dans les douleurs de l'enfantement par le père de sa fille. Voici, en effet, en quels termes les chroniqueurs du temps racontent sa première couche :

« Le roi, toujours plus épris, assista pour ainsi dire à chaque douleur de l'enfantement, et les récits galants n'ont omis aucune circonstance de cette tendre affection.

« Comme il était avec sa maîtresse, beau comme un Adonis, la pauvre créature fut prise de ce mal qui fait tant de violence et des convulsions si terribles que jamais homme ne fut tant embarrassé que notre monarque; il appela du monde par la fenêtre, tout effrayé, et cria qu'on allât dire à mesdames de Montausier et de Choisy qu'elles vinssent au plus tôt; et une fille de chambre courut à la sage-femme ordinaire; tout le monde vint trop tard pour empêcher que la veste en broderie de perles et de diamants la plus magnifique ne portât des marques de désordre; les dames arrivant, trouvent le roi suant comme un bœuf d'avoir soutenu La Vallière dans les douleurs, qui avaient été assez cruelles pour lui faire déchirer une dentelle de mille louis, en se pendant au cou du roi; il est constant qu'elle faillit mourir, lorsque madame de Choisy cria comme une folle : « Elle est morte! » Madame de Montausier le crut aussi, car elle eut une syncope très-violente. « Au nom de « Dieu, s'écria le roi, fondant en larmes, rendez-la moi

« et prenez tout ce que j'ai. » Il était à genoux au pied de son lit, immobile comme une statue. »

Mademoiselle de La Vallière devenue la duchesse de La Vallière par la puissance de son amant, en eut successivement deux enfants, à deux ans d'intervalle, mademoiselle de Blois, qui épousa le prince de Conti, et le comte de Vermandois, qui mourut jeune. Ces deux couches commencèrent le déclin de sa beauté et préparèrent la fin de son bonheur, car elle devait trouver, dans l'ambitieuse gouvernante de son fils et de sa fille, une rivale préférée. Cette rivale, qui avait été sa confidente et son amie, se nommait Françoise-Athénaïs de Tonnay-Charente; elle était fille de Gabriel de Rochechouart, duc de Mortemart, et avait été mariée en 1663 à Louis de Pardaillan de Gondrin, marquis de Montespan.

Née en 1641, madame de Montespan avait trois ans de plus que mademoiselle de La Vallière; mais elle avait d'ailleurs une beauté plus rayonnante, un esprit plus sémillant, une plus entraînante passion. Elle avait rêvé de devenir la maîtresse favorite du roi ; elle ne négligea rien pour séduire, pour charmer, fasciner Louis XIV, et elle n'y réussit que trop bien, car bientôt il ne continua à voir chaque jour la mère de ses deux enfants naturels que parce qu'il était sûr de trouver auprès d'elle leur adorable gouvernante. La duchesse de La Vallière s'aper-

çut vite de l'empire que la marquise de Montespan prenait sur le roi, qui se partageait alors entre elles, prenant l'une sans quitter l'autre, et les ayant toutes deux
ensemble. Elle s'en plaignit, mais son amant lui fit une
de ces réponses impitoyables qui brisent trop souvent le
cœur des femmes, en leur apprenant qu'elles ont cessé
d'être aimées. « Je ne veux pas être gêné et je n'entends
pas que l'on me contrarie, » dit-il sèchement à celle
qu'il avait si passionnément adorée. Ce n'était plus parler en amant, mais en maître. Elle comprit que tout
était fini pour elle.

Quelque temps après, la triste duchesse de La Vallière
se retirait clandestinement dans le monastère des bénédictines de Chaillot, non pour y expier le scandale de
ses amours dans le repentir et la prière, mais pour y
cacher ses larmes, son désespoir, ses humiliations. Ce
n'est pas là cependant qu'elle devait prendre le voile.
Louis XIV trouva le secret d'endormir sa jalousie et sa
souffrance; elle revint occuper dans le palais de Versailles, alors achevé, l'appartement qu'elle y partageait
déjà, depuis longtemps, avec la marquise de Montespan;
mais ce fut son dernier sacrifice à l'amant qui ne la rap-
pelait que pour la faire assister au triomphe de sa rivale.
Après deux ans de ce douloureux martyre, elle résolut
de prononcer ses vœux au couvent des carmélites de

la rue Saint-Jacques, où elle alla passer son année de noviciat sans que personne cette fois cherchât à l'en dissuader.

Dans son égoïsme, Louis XIV se sentit soulagé d'un grand poids, en se disant qu'il ne verrait plus couler des larmes qui l'importunaient, qu'il n'entendrait plus des plaintes qui le fatiguaient, et son orgueil fut flatté à la pensée que Dieu seul avait pu le remplacer dans le cœur de sa maîtresse. Il ne combattit donc plus une résolution dont il éprouvait une secrète joie.

En l'année 1675, à l'âge de trente-un ans, celle que le Roi avait tant aimée, maintenant délaissée, prit solennellement le voile, en présence de la reine de France et de la duchesse d'Orléans, en face de toute la cour, dépouillant, avec sa magnifique chevelure, son titre de duchesse pour n'être plus que sœur Louise de la Miséricorde.

A l'époque où la duchesse de La Vallière entra en religion, la marquise de Montespan était déjà depuis longtemps la maîtresse en titre du roi, la favorite reconnue. Elle aussi avait eu un premier épisode de maternité étrange et caractéristique. Voici le récit de cet épisode, tel qu'il est consigné dans les chroniques du grand siècle :

« Le terme venu de l'accouchement, une femme de

chambre de madame de Montespan, en qui le roi et elle
se confiaient particulièrement, monta en carrosse et fut
dans la rue Saint-Antoine chercher un nommé Clément,
fameux accoucheur, à qui elle demanda s'il voulait venir
avec elle pour en accoucher une qui était en travail ; on
lui dit que, s'il voulait venir, il fallait qu'il consentît à
avoir les yeux bandés, parce qu'on désirait qu'il ne sût
où il allait. Clément, à qui de pareilles choses arrivaient
souvent, voyant que celle qui venait le chercher avait
l'air honnête, répondit qu'il était prêt à tout ce qu'on
voudrait ; les yeux bandés, il monta dans un carrosse
avec elle, d'où, étant descendu après avoir fait plusieurs tours dans Paris, on le conduisit dans un appartement superbe et on lui ôta son bandeau, mais on ne
lui donna pas le temps d'examiner le lieu où il était ;
une fille qui était dans la chambre éteignit les bougies,
après quoi le roi, qui était caché derrière les rideaux du
lit, lui dit de ne rien craindre. Clément lui répondit qu'il
ne craignait rien, et, s'étant approché, il tâta la malade ;
voyant que l'enfant n'était pas encore prêt à venir, il
demanda au roi, qui était auprès de lui, si le lieu était
la maison de Dieu, où il n'était permis ni de boire ni de
manger, que pour lui il avait grand'faim. Le roi, sans
attendre qu'une des femmes qui étaient dans la chambre
s'entremît pour le servir, s'en fut lui-même à une ar-

moire, où il prit un pot de confitures qu'il lui apporta, ainsi qu'un morceau de pain, en lui disant de n'épargner ni l'un ni l'autre, et qu'il y en avait encore au logis ; le roi fit même quérir une bouteille de vin et lui versa deux ou trois coups. Comme Clément eut bu le premier, il demanda au roi s'il ne boirait pas bien aussi, et le roi lui ayant répondu que non, il lui dit en souriant que la malade n'en accoucherait pas si bien, et que, s'il avait envie qu'elle fût délivrée promptement, il fallait qu'il bût à sa santé. »

Cette enfant ne vécut pas, mais la marquise de Montespan était d'une fécondité rare. Elle en eut plusieurs autres de Louis XIV, et principalement le duc du Maine, qui fut légitimé ; mademoiselle de Blois, qui épousa le duc Philippe d'Orléans, plus tard régent de France.

Aucune particularité originale, aucun trait saillant n'a signalé les amours de Louis XIV et de la marquise de Montespan, grande et svelte personne d'une attitude royale et d'un geste dominateur ; beauté resplendissante, aux cheveux châtains et aux yeux noirs, aux lèvres roses et aux dents blanches, ayant l'éclat du teint et l'éclat du regard, intelligence vive, esprit railleur, caractère remuant ; au résumé, femme amusante et variée, mais sans dévouement et sans tendresse, le contre-pied de la duchesse de La Vallière. L'une et l'autre agirent comme

elles sentaient, d'une façon toute différente. La douce
Louise n'avait pu s'empêcher d'aimer l'homme jeune,
élégant, beau et passionné. La fière Athénaïs s'était
efforcée d'être aimée du roi puissant, fastueux, adulé et
absolu; la première avait eu le courage de son amour
et elle l'avait laissé voir, l'autre eut l'audace de son
ambition et la fit sentir; elle se mêla des affaires d'État
et domina insolemment jusqu'au jour où, après une
longue et sourde lutte contre l'influence de plus en plus
prépondérante de madame de Maintenon, elle alla cacher
les froissements de son orgueil et les dépits de son
cœur au fond des bois, dans la solitude profonde où s'élevait le monastère de Fontevrault, dont sa sœur était
abbesse.

La marquise de Montespan subit la peine du talion.
De même qu'elle avait détrôné la duchesse de La Vallière, étant gouvernante de mademoiselle de Blois et du
comte de Vermandois, elle fut à son tour renversée par
la gouvernante du duc du Maine; mais celle-là ne peut
figurer parmi les belles pécheresses. Elle ne fut guère
qu'une garde-malade, et d'ailleurs, quand elle fut re-
cherchée plutôt qu'aimée du roi qui en fit son amie et
non sa maîtresse, elle n'était plus ni jeune, ni belle.

Ce ne fut pas cependant la marquise de Montespan
qui acheva d'épuiser ce qui restait de passion dans le

cœur ardent de Louis XIV. Avant de se confier au dévouement de sœur de charité de madame de Maintenon,
il avait aimé avec frénésie, vers la fin du règne de la
mère du duc du Maine et pendant qu'elle habitait encore
le palais de Versailles, Marie-Angélique de Norville de
Roussolle, qu'il créa duchesse de Fontanges, et qui en
trois ans lui dévora onze millions de livres. Née en 1661,
elle n'avait que dix-sept ans en 1678, lorsqu'il en devint
éperdûment et subitement épris à l'âge de quarante ans,
séduit par sa magnifique chevelure d'un blond fauve,
que le vent déroula tout à coup pendant une partie de
chasse dans la forêt de Sainte-Geneviève, à quelque distance d'Épinay-sur-Orge. Elle mourut en quelques heures, à la suite d'une couche laborieuse, en 1681. Le
grand roi qui l'adorait, quoiqu'elle n'eût ni esprit ni
cœur, fut vivement impressionné de cette catastrophe et
se jeta dans la dévotion. Ce fut quelque temps après que
madame de Maintenon devint son Égérie.

MADEMOISELLE DE SÉRY

—

LA COMTESSE DE PARABÈRE

—

LA COMTESSE DE SABRAN

—

LA DUCHESSE DE PHALARIS

MADEMOISELLE DE SÉRY

—

LA COMTESSE DE PARABÈRE

—

LA COMTESSE DE SABRAN

—

LA DUCHESSE DE PHALARIS

———

A l'heure où Louis XIV descendit dans la tombe, couronné de la quadruple majesté de la gloire, de la puissance, de la vieillesse et du malheur, la morale de Ninon de Lenclos, hautement prônée et ouvertement pratiquée dans le palais du Temple par Philippe de Vendôme, arrière-petit-fils de Gabrielle d'Estrées, avait gangrené, jusqu'à la moelle des os, la société parisienne, qui était plus que jamais toute la société française.

C'est ce qui explique les mœurs effrontément disso-lues de la cour et de la ville, mœurs que le grand règne

allait léguer, en dépit de ses pieux repentirs de la dernière minute, à la régence. Philippe d'Orléans, du vivant même de son père, alors qu'il n'était encore que
duc de Chartres, et quoiqu'il fût déjà l'époux de mademoiselle de Blois, fille légitimée de Louis XIV et de la
marquise de Montespan, s'était précipité avec furie
dans la débauche publique. Cependant il ne faut pas en
conclure qu'il a exercé une influence funeste sur la
moralité de son temps. Il ne valait ni plus ni moins
que son époque. Il ne l'a pas faite, il en a été sim-
plement le produit naturel et la personnification caractéristique.

C'est d'alors surtout que date l'ère de débordements
sans mesure et sans frein, l'ère à la fois brillante et
dissolue des petits soupers et des petits vers, des
bals de l'Opéra, des frivoles causeries et des amours
faciles.

On allait inaugurer enfin une magnifique orgie de
plaisir qui devait finir par une horrible orgie de sang.
Mais du moins il se mêlait encore à cette orgie tant de
grâce, tant d'esprit, tant d'élégance, tant de courtoisie,
que la dorure et la ciselure de la surface empêchaient
de regarder trop au fond où était la vase.

Louis XIV vivait encore et la régence n'était pas née,
que Philippe d'Orléans préludait déjà aux licences effré-

nées de sa vie privée avec des femmes de théâtre, tantôt avec mademoiselle Desmares, de la Comédie-Française, qui lui donna une fille, mariée plus tard au marquis
de Ségur, tantôt avec mademoiselle Florence, de l'Aca-
démie Royale, dont il eut un fils qui fut créé comte de
Saint-Albin et mourut archevêque de Cambrai. Tout à
coup il parut s'attacher sérieusement à une demoiselle
d'honneur de sa mère, Marie-Louise-Victoire Lebel de la
Bussière de Séry, dont il eut un fils, et qu'il fit créer
comtesse d'Argenton, titre sous lequel elle vint s'installer, avec son enfant, au Palais-Royal, où elle vécut sans
contrainte auprès de son amant, sous les yeux mêmes
de l'épouse légitime, qui du reste ne s'inquiétait guère
des infidélités de son mari.

D'après Saint-Simon, mademoiselle de Séry était
une fille de condition, jolie, piquante, d'un air vif,
mutin, capricieux, plaisant, qui ne tenait que trop
ce qu'elle promettait. Quoiqu'elle promît beaucoup et
qu'elle tînt encore davantage, elle ne réussit pas à
enchaîner longtemps le cœur volage et léger du prince
qui allait gouverner la France. Cette intrigue eut peu
de durée, et la comtesse d'Argenton était déjà reléguée dans la retraite et l'oubli le jour où commença la
régence.

Il ne faut pas demander le nom des favorites de cour

11.

de cette époque; il ne faut pas chercher quelle fut, sur les affaires publiques et sur les mœurs sociales, l'influence des amours et des passions du prince qui gouvernait alors l'État avec l'autorité d'un roi. Ce prince n'eut pas d'amours, il n'eut que des intrigues; il n'eut pas de passions, il n'eut que des goûts plus vifs, que des caprices plus durables; il n'y eut pas de favorites de cour, il n'y eut que des courtisanes de salon, partageant avec les demoiselles de l'Opéra et les dames de la Comédie le privilége de distraire et de ruiner les gentilshommes et les financiers.

Le plus vif de ces goûts, le plus durable de ces caprices fut inspiré par la comtesse de Parabère, dont Philippe d'Orléans devint amoureux dans l'un de ces gais et fins soupers qui terminaient à peu près toutes ses soirées, soupers où l'on ne versait que du tokai ou du sillery à la glace, du chypre de la commanderie ou du vin d'Espagne, où l'on ne servait que du filet de faisan à la financière, des laitances de carpe au coulis d'écrevisses, des essences de gibier, des grives et des cailles désossées, ou bien du perdreau farci de truffes, des aspics de poulardes du Mans, des cuissots de chevreuil légèrement trempés de madère sur des tranches d'orange.

Marie-Madeleine Coatquer de la Vieuville, née à Paris

le 6 octobre 1693, s'était mariée en 1711 à Jean-César-Alexandre de Beaudéant, comte de Parabère. C'est à la fin de l'année 1716, à vingt-trois ans, qu'elle vint s'asseoir pour la première fois à la table du régent, au milieu des roués et des coquettes qui formaient sa société intime et privilégiée. Voici le portrait physique et moral qu'en trace la princesse palatine, seconde femme de Gaston d'Orléans, frère de Louis XIV. « Elle est de belle taille, grande et bien faite ; elle a le visage beau, elle ne se farde pas, elle a une jolie bouche, de beaux yeux ; elle a peu d'esprit, mais c'est un beau morceau de chair fraîche. Du reste, elle est capable de manger et de boire comme un trou et de débiter mille étourderies. Cela divertit mon fils et lui fait oublier ses grands travaux ; aussi dit-il qu'il lui est attaché parce qu'elle ne songe à rien, si ce n'est à se divertir, et parce qu'elle ne se mêle d'aucune affaire : ce serait bien si elle n'était pas si ivrognesse. »

Le duc de Lauraguais a complété ce portrait, toujours trivial, souvent grossier, dans quelques lignes où il peint le caractère de la comtesse de Parabère avec la même franchise de jugement, mais avec plus d'élégance de langage. « Elle était, dit-il, vive, légère, emportée. Le séjour de la cour et la société du Palais-Royal eurent bientôt développé cet heureux naturel ; l'originalité de son esprit éclata sans retenue, ses traits malins atteignaient tout le monde, excepté Phllippe d'Orléans, et, dès lors, elle devint l'âme de ses plaisirs, quand ses plaisirs n'étaient pas des débauches. Il faut ajouter qu'aucun vil intérêt, qu'aucune idée d'ambition n'entrait dans sa conduite ; elle aimait le Régent pour lui, elle trouvait en lui le convive charmant, l'homme aimable, et se plaisait à méconnaître, à braver même le pouvoir du prince. »

« Ce qu'on ne saurait refuser à la comtesse de Parabère, dit à son tour M. Capefigue dans le livre qu'il consacre à cette femme qui fut le type le plus saillant des belles pécheresses de la Régence, ce qu'on ne saurait lui refuser, c'était une tenue parfaite qui ne la faisait jamais s'oublier elle-même dans les joyeux soupers, où quelquefois les convives coudoyaient les excès ; elle riait toujours, sablait gaiement le champagne et mangeait d'un charmant appétit, sans se fatiguer ni se ralentir, signe d'excellente santé ; elle n'avait ni la paupière fatiguée ni l'œil appesanti, même à cinq heures du matin; l'esprit d'à-propos ne lui manquait jamais et sa bouche ravissante s'ouvrait toujours pour des riens spirituels ; jamais une pensée triste, ni un propos sérieux, et fatigué d'affaires, le Régent était heureux de trouver des lèvres roses qui montraient les plus belles dents du monde en disant une plaisanterie sur les ennemis qui menaçaient son pouvoir. »

S'il faut tout dire, les chansonniers et les chroniqueurs du temps parlaient de madame de Parabère comme en parlait la princesse palatine et mêlaient, selon l'opinion populaire, son nom à celui du comte de Nocé, qu'on lui donna pour amant en même temps qu'elle était la maîtresse du Régent. On fit sur eux les vers suivants :

> Nous nous enivrerons, don don
> Nocé même y sera, la la,
> Avec la Parabère.

Un matin, la comtesse de Parabère, qui vivait séparée de son mari, mort seulement en 1718 dans un accès d'ivresse, se réveilla enceinte. Elle imagina de persuader au comte de Parabère qu'il était le père de l'enfant qu'elle portait dans ses flancs. On le grisa par ses ordres, puis on le transporta, endormi, dans le lit de sa femme, qu'il trouva, à son réveil, couchée à son côté. Le tour était joué.

On comprend qu'on ne se piquait pas de délicatesse et de sentiment dans cette société du Palais-Royal où l'on avait trop l'amour de la volupté pour y connaître la volupté de l'amour. On s'y amusait à peu près comme on s'y enivrait, sans s'aimer, changeant sans façon d'amant et de maîtresse. Les lèvres s'y rencontraient comme les verres s'y choquaient, un peu au hasard du voisinage. Chaque baiser était précédé d'une libation et suivi d'une saillie. C'était l'assemblage de toutes les débauches : débauche d'esprit, débauche des sens, débauche du vin avec toutes les féeries de l'art, car il arrivait souvent qu'au milieu du souper, des chanteuses, des comédiennes et des danseuses survenaient dans la salle à manger, charmant les convives en improvisant, à titre d'intermède, un air d'opéra, une scène de ballet, un acte de comédie. On aurait pu se croire dans le palais des Césars, au temps de la Rome des Empereurs.

Là où le plaisir était tout, tout devait être sacrifié au plaisir. La comtesse de Parabère eut longtemps à la cour et dans l'esprit du Régent une place particulière ; mais elle ne fut jamais son unique maîtresse. Elle eut successivement pour principales rivales la comtesse de Sabran et la duchesse de Phalaris, et il y eut même un moment où toutes trois, d'un commun accord, acceptaient à tour de rôle ses faveurs comme des odalisques du sérail. Il est vrai qu'à leur tour elles ne se piquaient pas de fidélité envers leur amant presque royal.

La comtesse Garcinde de Sabran appartenait par sa naissance à la maison de Foix. Son mari était chambellan de Philippe d'Orléans. Elle était hautaine et exi-

géante, et traitait le Régent d'une façon très-cavalière,
si on en juge par la lettre suivante qu'elle lui écrivit
après s'être présentée au Palais-Royal sans être reçue :

« J'ai été chez toi, ce matin, chien de race, on m'a
refusé ta porte ; si tu viens jamais chez moi, tu auras le
même sort : tu ne sais ni aimer, ni écrire ; mais tu sais
lire ; lis donc. »

C'était, du reste, un esprit incisif, prompt à la repar-
tie. Son mari n'ayant pas de pairie, elle n'avait pas de
tabouret et s'asseyait au-dessous des pairesses qui souvent n'étaient que des filles de marchands enrichis, dont
la grosse dot avait servi à redorer le blason de leurs
maris appauvris. Choquée un soir des airs d'impertinence
de quelques-unes de ces pairesses, elle dit tout haut en
s'adressant à madame de Polignac : « Très-chère, ces
dames s'asseyent au-dessus de nous pour que nous
voyons la beauté des étoffes qui sortent de la boutique
de leurs pères. »

L'une des pairesses qui avait entendu cette insolente
sortie, cria d'un ton aigre : « Si nous ne sommes pas
d'aussi bonne maison que vous, du moins nous ne
sommes pas des courtisanes. — Oui, répliqua vivement,
sans se déconcerter la comtesse de Sabran, oui, nous
sommes des courtisanes, et nous voulons l'être, parce
que cela nous divertit. »

Le cynisme de ce langage suffit à indiquer les mœurs de la cour du Régent.

Il n'y a pas à s'arrêter longtemps sur la duchesse de Phalaris, jeune femme corrompue qui se prostitua publiquement à Philippe d'Orléans, déjà âgé et presque infirme, sans égard pour le nom de son mari. Elle était parente de la duchesse d'Olonne; elle s'était mariée au fils d'un riche financier qui avait acquis en France le marquisat d'Entragues et qui tenait du pape le duché de Phalaris.

La duchesse de Phalaris fut quelques semaines à la mode parmi les élégants débauchés de la cour et de la ville, comme l'avaient été avant elle la marquise de Tencin et la comtesse d'Averne, alors disparues de la scène du monde où elles avaient eu le sort de deux brillants, mais éphémères météores.

La duchesse de Phalaris eut la fin d'une courtisane de profession : après avoir vu mourir à ses côtés Philippe d'Orléans, alors rentré dans la vie privée, pendant qu'elle lui lisait des contes graveleux pour le distraire, elle prolongea sur la tombe à peine fermée de son amant sa vie de plaisir, mais la prolongea dans une situation sans éclat comme sans dignité, et descendit d'année en année au dernier degré de l'avilissement et du ridicule.

La comtesse de Sabran et la comtesse de Parabère eurent une fin chrétienne; elles furent les Madeleines de

'a Régence et rachetèrent par le repentir et la prière
une vie de désordres et de débauches, dont il faut peut-
être moins accuser leur cœur et leur esprit que le temps,
qui les vit naî e.

A l'époque de la conversion de ces deux belles pécheresses, la comtesse d'Argenton était depuis longtemps
mariée au chevalier d'Appède. Le fils qu'elle avait eu du
neveu de Louis XIV avait été légitimé avec le titre de
chevalier d'Orléans. Il mourut grand-prieur de l'ordre
de Malte.

LA DUCHESSE DE CHATEAUROUX

—

LA MARQUISE DE POMPADOUR

—

LA COMTESSE DU BARRY

LA DUCHESSE DE CHATEAUROUX

—

LA MARQUISE DE POMPADOUR

—

LA COMTESSE DU BARRY

———

Louis XV avait vidé de bonne heure, jusqu'à la lie, la coupe des voluptés ; de bonne heure, il avait épuisé, jusqu'à la satiété, toutes les ivresses du sensualisme. Un profond ennui avait saisi son cœur, il y avait dans son âme un vide immense. Il était beau comme un Dieu, spirituel comme un démon, d'une exquise courtoisie envers les femmes ; le plaisir avait donc dû venir au-devant de lui avant que lui-même songeât à aller au-devant de l'amour. C'est, en effet, ce qui était arrivé et ce qui l'avait conduit, jeune encore, à une sorte de précoce fatigue de toutes les jouissances de la vie. Il en était là, lorsque la fantaisie lui prit de se distraire en choisissant, à l'exemple de Louis XIV, une favorite dans les rangs de la noblesse de France. Il était né d'ailleurs à une époque où il était admis que le roi pouvait tout. Aucun frein n'existait donc qui pût le retenir sur la pente dangereuse où il allait glisser doucement d'abord, puis si rapidement qu'il en devait arriver un jour à se vautrer au fond d'un abîme de fange et de corruption.

Il faudrait un volume pour raconter et décrire les publiques orgies et les secrètes débauches de ce roi qui fut la triste victime des mœurs de son temps ; car la nature lui avait donné, avec une charmante figure et une noble attitude, un grand esprit, un grand cœur, une grande âme ; malheureusement elle avait oublié de lui donner aussi un grand caractère, et il fut sans force contre les dépravations qui le sollicitaient par calcul d'ambition ou de cupidité. Ses qualités étaient bien à lui ; mais ses vices appartenaient à l'époque où il a vécu.

Je n'écrirai pas ce volume inutile, qui n'apprendrait rien à personne. Il me suffira d'esquisser rapidement, à larges traits, le caractère des trois passions dominantes de la longue existence du prince qui, après avoir mérité d'être bien-aimé du peuple, devait descendre dans la tombe, laissant une mémoire flétrie, comme l'était son âme. Ces trois passions dominantes ont, au surplus, ce cachet distinctif d'être aussi dissemblables par leur nature et leur physionomie que l'ont été, dans les sphères de l'amour, les trois grandes phases si diverses de la société française avant la Révolution, et le privilége particulier de personnifier chacune l'une de ces trois grandes phases, de telle sorte qu'elles présentent, pour ainsi dire, résumé dans l'unique cadre d'un seul règne, le tableau de l'histoire générale des mœurs modernes jusqu'à la fin du dernier siècle, avec ses dégradations successives de couleur et de lumière.

De la duchesse de Châteauroux à la comtesse du Barry, on parcourt la même distance et on descend la même pente que du château de Chinon au pavillon de Luciennes.

Marie-Anne de Mailly, qui devint plus tard duchesse de Châteauroux, était née en 1717 et avait été mariée en 1734 au comte de Tournelle, qui mourut en 1742 ; son père était marquis de Nesle, prince d'Orange, et commandait la gendarmerie de France. Ce fut le premier et peut-être l'unique attachement de cœur de Louis XV, qui avait déjà quarante ans, lorsqu'il l'aima comme il en fut aimé d'un amour ardent, sincère, profond. Grande et svelte, élancée, avec de doux yeux bleus et de longs et soyeux cheveux blonds, elle était belle comme un beau jour de printemps ; sa tendresse vint rafraîchir l'imagination déjà désenchantée de son amant, comme la rosée du matin vient vivifier une terre aride et desséchée.

La duchesse de Châteauroux était d'une nature à la fois caressante et énergique, et en même temps d'un caractère fier et dévoué ; elle était véritablement attachée à son amant et le voulait digne de cette vaillante race des Bourbons dont il était alors l'espérance. Elle fut donc l'Agnès Sorel de Louis XV, qu'elle excitait à la gloire comme la dame de Beauté avait excité Charles VII à l'héroïsme. Son influence était élevée. Loin de chercher à amollir le roi dans d'énervantes voluptés, elle ne lui inspirait que de nobles sentiments et ne le portait qu'aux grandes choses.

La duchesse de Châteauroux ne chercha jamais à gouverner l'État ; elle se contenta de régner sur le cœur de son amant, qu'elle ne fatigua ni de sollicitations, ni d'intrigues, ne lui demandant aucune faveur en échange de ses baisers et de ses tendresses. Ce fut, en un mot, une véritable pécheresse dans la réelle acception du mot, aimant l'amour pour l'amour, voulant l'amant pour l'amant, et ne se rappelant qu'il était roi que pour lui parler des devoirs de la royauté. Son seul tort fut de succéder sans scrupule à ses trois sœurs, la marquise de Mailly, la duchesse de Lauraguais et la comtesse de Vintimille.

On doit peut-être à la fille de M. de Mailly la glorieuse campagne de Flandre et d'Alsace, et par conséquent la bataille de Rocoux, à l'occasion de laquelle on avait composé la populaire et soldatesque chanson des *Adieux de la Tulipe,* chanson qui resta longtemps dans l'armée comme une tradition de la vieille gaieté française.

Voici cette chanson qui indique l'esprit du temps :

> Malgré la bataille
> Qu'on livre demain,
> Çà, faisons ripaille,
> Charmante Catin ;
> Attendant la gloire,
> Prenant le plaisir,
> Sans lire au grimoire
> Du sombre avenir.
>
> Tiens, serre ma pipe,
> Garde mon briquet,
> Et si la Tulipe
> Fait le noir trajet,
> Que tu sois la seule,
> Dans le régiment,
> Qu'ait le brûle-gueule
> De ton cher amant.

Malheureusement, la mort vint brusquement briser la liaison de Louis XV et de la duchesse de Châteauroux,

12

qui n₂ coûtait au trésor royal que quatre-vingt mille livres par an, ce qui était peu à une époque où déjà les femmes de théâtre coûtaient à leurs amants des sommes folles Pendant que le roi avait été malade à Metz, on avait réussi à le détacher de cette femme, qui fut à la fois pour lui une adorable maîtresse et une tendre amie. Elle avait été renvoyée d'auprès de son lit de douleur d'une façon presque insultante.

Cette rupture momentanée n'avait pas duré.

Mais la duchesse de Châteauroux avait été frappée au cœur. Ce fut en vain que Louis XV répara avec éclat les torts passagers qu'il avait eus envers elle. Atteinte subitement d'un mal étrange, invisible, mystérieux, elle mourut dans son hôtel de la rue du Bac, le 8 décembre 1744, vivement regrettée, sincèrement pleurée du roi, qui allait être obligé de dissimuler sa douleur pour assister avec un visage riant aux fêtes du mariage du Dauphin avec une infante d'Espagne. C'est au milieu même de ces fêtes brillantes, où il se montrait le sourire sur la bouche et le deuil dans le cœur, qu'il devait connaître la future favorite, celle enfin qui devait porter bientôt le nom célèbre de marquise de Pompadour.

La grande Mademoiselle avait fait construire sur la pente du délicieux coteau de Choisy, en face de la forêt de Sénart et du château d'Étioles, qu'on apercevait de l'autre côté de la Seine, une ravissante habitation, où elle avait vécu de nombreuses années d'amour et de bonheur avec le duc de Lauzun; Louis XIV avait plus tard acheté cette habitation princière que Mansard avait élevée et dont Le Nôtre avait dessiné le parterre qui descendait en espaliers jusque sur les bords du fleuve. Louis XV en avait hérité en même temps qu'il avait hérité de Versailles et de Marly.

Le roi de France et la duchesse de Châteauroux, pendant toute la durée de leur poétique et romanesque liaison, avaient préféré aux majestueuses splendeurs du palais de Versailles et même aux somptueuses élégances du château de Marly les douces et calmes joies de la vie intime qu'ils menaient l'un près de l'autre dans la maison royale de Choisy, restaurée et embellie avec beaucoup de goût et de recherche; car on avait consacré à cette restauration du séjour privilégié de la grande Mademoiselle environ trois millions de livres. Tous deux avaient donc pris l'habitude d'aller ensemble à la chasse dans la forêt de Sénart, où Louis XIV avait fait élever à la croix du centre un pavillon qui servait de lieu d'attente, de repos et de refuge.

Dans les derniers temps, Louis XV avait remarqué, sans trop y arrêter ni son imagination ni sa pensée, une jeune femme qui, pendant les grandes chasses dans cette belle forêt de Sénart, suivait la cour dans une conque de cristal de roche, attelée de deux alezans, ayant l'air de chercher ses regards avec autant de soin qu'elle évitait ceux de la duchesse de Châteauroux. Puis la vision avait disparu.

Mais au bal qui fut donné à l'hôtel de ville, à l'occasion du mariage du Dauphin, on présenta au roi, déguisée en Diane chasseresse et costumée en nymphe, le carquois sur l'épaule et l'arc en main, prête à lui décocher une flèche au cœur, une jeune femme blonde, de vingt et un ans à peine. Dans cette jeune femme, il reconnut l'apparition mystérieuse de la forêt de Sénart. Cette apparition, c'était Jeanne-Antoinette Poisson, mariée à quinze ans au sous-fermier général Lenormand, seigneur d'Étioles, femme d'une imagination ardente, d'une grande intelligence, d'un esprit élevé, d'une vaste ambition, excellente musicienne, dessinant et gravant à merveille, littératrice distinguée.

Madame d'Étioles avait rêvé, non par goût du plaisir, par débauche d'esprit, par dépravation de cœur, non par sensualisme et par libertinage, ni même par vanité, ni cupidité, mais par amour du pouvoir, de la domination, du commandement, la situation de favorite à la cour de Louis XV. Elle se sentait faite pour gouverner l'État; le maniement des grandes affaires l'attirait; elle avait des

entraînements irrésistibles vers la vie publique ; elle
avait d'ailleurs ses vues et ses idées politiques et religieuses dont elle voulait assurer le triomphe ; elle prit
la voie qui pouvait la conduire au but. Ce fut moins une
belle pécheresse qu'un homme d'État en jupon, qui rap-
pelait surtout la duchesse d'Étampes sous François Ier
et la duchesse de Valentinois sous Henri II.

La liaison de Louis XV et de madame d'Étioles fut
nouée comme on noue les grandes affaires de finance ou
de politique. Il fallut y mettre du temps et de la diplo-
matie. Le souvenir de la duchesse de Châteauroux n'était
pas si effacé du cœur du roi qu'il fût aisé d'y prendre
racine ; on pouvait bien y faire entrer par surprise une
intrigue de quelques jours, mais y installer une passion
de quelques années n'était pas une facile entreprise.

De secrètes entrevues eurent lieu d'abord entre les
deux amants, d'intervalle à intervalle, rue des Petits-
Champs, dans les jardins de l'hôtel d'un oncle de madame d'Étioles, M. de Turckheim, syndic de la ferme
générale. Louis XV allait donc égarer cette fois son
amour dans le monde de la finance, à laquelle appartenaient aussi le mari, le père et la mère de la nouvelle
favorite.

Cette favorite avait de beaux yeux, le nez un peu
fort, la bouche un peu grande, le front un peu haut ;

mais elle était ravissante de grâce et d'esprit et d'une
causerie délicieuse, d'une variété de conversation merveilleuse, d'une rare ingéniosité à inventer des distractions toujours vives, toujours diverses. Le roi fut enfin
charmé, fasciné par les séductions de l'enchanteresse de
la forêt de Sénart et de l'hôtel de ville. Ce que femme
veut, Dieu le veut. Madame d'Étioles avait décidé de
plaire à Louis XV; elle lui plut. Elle fut admise à l'accompagner mystérieusement, vêtue en mousquetaire,
dans la campagne de 1745 dont la victoire de Fontenoy
devait être le glorieux couronnement.

Ce fut peu de temps après que cette femme, qui pra-
tiquait trop peut-être la fameuse maxime que le but justifie les moyens, mais qui du moins eut de hautes vues
et de grandes ambitions soutenues par une rare aptitude
aux affaires publiques, obtint le succès qu'elle poursuivait depuis deux ans avec une persévérance systématique.

En effet, après le retour du roi dans son palais de
Versailles, madame d'Étioles ne tarda pas à être déclarée
maîtresse en titre. C'est à cette époque qu'après s'être
séparée judiciairement de corps et de biens de son mari,
elle reçut en don, avec le marquisat de Crécy qui rendait vingt-cinq mille livres de rentes annuelles, le marquisat de Pompadour, qui n'en donnait que quatre mille
et dont elle prit à la fois le nom et le titre.

La princesse de Conti accepta la mission de présenter officiellement la marquise de Pompadour à la reine, ainsi qu'aux princesses de la famille royale. Une fois cette formalité remplie, Louis XV vécut maritalement avec elle d'une manière ostensible. Tous les courtisans, du reste, devinrent bientôt ses flatteurs, et jamais peut-être souveraine ne vit ramper à ses pieds, pendant un temps aussi long, autant d'adulateurs : ministres, hommes de guerre, diplomates, hommes d'église, poëtes, hommes de finance, artistes. Mais aussi il faut dire que jamais maîtresse de roi n'eut sur les destinées de l'État une influence aussi considérable, que jamais favorite de cour n'exerça avec autant de supériorité, avec autant d'autorité, une action aussi vaste sur les affaires publiques.

Voici, au surplus, quelques échantillons des adulations dont la marquise de Pompadour était l'objet de la part des faiseurs de vers de l'époque :

> Ainsi qu'Hébé, la jeune Pompadour
> A deux jolis trous sur la joue,
> Deux trous charmants où le plaisir se joue,
> Deux trous placés par la main de l'Amour;
> L'enfant ailé, sous un rideau de gaze,
> La vit dormir et la prit pour Psyché.

Qu'elle était belle ! à l'instant il l'embrasse,
Sur ses appas il demeure attaché ;
Plus il la voit, plus son désir augmente,
Et, persistant dans sa trop douce erreur,
Il veut mourir sur sa bouche charmante,
Heureux encor de mourir son vainqueur.
    Enivré des roses nouvelles
    D'un teint dont l'éclat l'éblouit,
Il la touche du doigt, elle en devient plus belle,
Chaque fleur sous sa main s'ouvre et s'épanouit.
Pompadour se réveille et l'Amour en soupire,
Il perd tout son bonheur en perdant son délire,
L'empreinte de son doigt forme le joli trou,
    Séjour aimable du sourire,
    Dont le plus sage serait fou.

———

On avait dit que l'enfant de Cythère,
Près du Lignon avait perdu le jour ;
Mais je l'ai vu dans les bois solitaires
Où va rêver la jeune Pompadour.
Il était seul ; le flambeau qui l'éclaire
Ne brillait plus, mais les prés d'alentour,
L'onde et les bois, tout annonçait l'amour.

———

Les nymphes dans Cythère
    Faisaient un jour
Un éloge sincère
    De Pompadour.

> Le trio des Grâces sourit,
>   L'Amour applaudit
>   Et Vénus bouda,
>   Gai ! lanla ! lanla !

Tous ces vers sont du célèbre abbé de Bernis, qui devint cardinal et qui fut ministre.

Voltaire lui-même ne dédaigna pas de mêler ses louanges versifiées à ce concert universel de flatteries. Voici une poésie qu'il improvisa un jour dans les bosquets de Bellevue, au temps où il courtisait la maîtresse du roi, pour obtenir de la cour des pensions et des titres :

> L'Amour, entouré des Ris,
> Jouait avec la pomme accordée à sa mère
>   Par le berger Paris.
>   Sa main folâtre et légère
> La jetait, l'attrapait, la rejetait en l'air ;
> Quand tout à coup l'oiseau qui porte le tonnerre
> S'élance, la saisit et fuit comme un éclair :
> D'Amour, désespéré, parcourt toute la terre :
>   Vénus ne le verra jamais
> Qu'il n'ait trouvé le prix qu'obtinrent ses attraits.
>   L'aigle planant sur nos rivages
> L'avait laissé tomber dans ces riants bocages
>   Où nos rois ont fixé leur cour.
> Un héros, parcourant cet auguste séjour,

La voit, la prend, il lit ces mots : A la plus belle.
Cette pomme, dit-il, regarde Pompadour ;
       Il la lui porte.
       Devant elle,
   A l'instant se montra l'Amour ;
A peine il aperçoit cet objet qui l'enchante,
Que, transporté de joie, il se jette à son cou :
Maman, s'écria-t-il, vous êtes bien méchante
De m'avoir fait chercher si longtemps ce bijou.

L'ascendant politique de la marquise de Pompadour venait de l'habitude qu'elle avait prise d'épargner au roi la fatigue du travail en étudiant pour lui toutes les questions qui devaient lui être soumises, et en les lui expliquant ensuite avec tant de clarté qu'il n'avait plus, après l'avoir entendue, qu'à formuler, en parfaite connaissance de cause, sa décision souveraine.

Caractériser le rôle politique de la marquise de Pompadour, tant louée par ses flatteurs, sans en excepter Voltaire, tant dénigrée par ses calomniateurs, toujours sans en excepter Voltaire, qui fut à la fois un modèle de courtisanerie et d'ingratitude, ce ne serait plus raconter la vie d'une belle pécheresse, ce serait faire l'histoire d'un règne. Ce n'est pas le but de ce livre.

Dans le cabinet de travail du palais de Versailles, la marquise de Pompadour était le vrai roi de France. Mais dans la chambre à coucher et dans la salle à manger de la maison de Choisy, qui était encore la demeure favorite de Louis XV, elle n'était plus que la maîtresse de ce prince ennuyé, maîtresse charmante, toujours spirituelle, toujours enjouée, aimant les beaux vers, les beaux tableaux, la belle musique, la bonne comédie, le grand opéra, les petits soupers, les gais convives, les causeurs divertissants, toutes les poésies, toutes les ivresses de la vie.

Dans le palais de Versailles, c'était l'époque de François Ier et de Henri II, c'était la duchesse d'Étampes ou la duchesse de Valentinois, mêlée à toutes les intrigues de la politique et à toutes les luttes de la religion. Dans le château de Choisy, c'était la Régence retrouvée et la comtesse de Parabère ressuscitée.

Le règne de la marquise de Pompadour fut de vingt ans, et dura jusqu'à sa mort, qui eut lieu le 15 avril 1764. Elle n'avait que quarante-deux ans. Sept ans auparavant, le 17 novembre 1557, elle avait déjà écrit son testament dont voici les termes :

« Au nom du Père, du Fils et du Saint-Esprit,

« Jeanne Poisson, marquise de Pompadour, épouse séparée de biens de Charles Lenormand d'Étioles, ai fait et écrit mon testament. Je recommande mon âme à Dieu, et le prie d'avoir pitié de moi et de me pardonner mes péchés, espérant apaiser sa justice par les mérites du corps et du sang de Notre-Seigneur.

« Je désire que mon corps soit enterré aux Capucins de la place Vendôme à Paris, dans le tombeau que je me suis choisi, et cet ensevelissement se fera sans pompe, sans cérémonie.

« Je supplie le roi d'accepter le don que je lui fais de mon hôtel à Paris ; je désirerais qu'il fût destiné à M. le comte de Provence. Je prie encore Sa Majesté d'accepter mes pierres gravées par Leguay, sept bracelets, bagues, cachets, pour augmenter son cabinet de pierres fines gravées. Je constitue pour héritier universel mon frère, le marquis de Marigny.

« Je nomme pour mon exécuteur testamentaire le prince de Soubise ; quelque affligeante que soit pour lui cette commission, il doit la regarder comme une preuve certaine de la confiance que sa probité m'inspire. Pour lui, je le prie d'accepter deux bagues, l'une de mon gros diamant couleur d'algue marine, l'autre d'une émeraude gravée par Leguay, représentant l'Amitié ; j'ose espérer qu'il ne s'en défera jamais ; elle lui rappellera la personne au monde qui a eu pour lui la plus profonde estime et la plus vive amitié. Fait à Choisy, 17 novembre 1757. »

Deux jours avant sa mort, la marquise de Pompadour avait ajouté à ce testament le codicille suivant :

« Ma volonté est de donner aux personnes ci-dessus, comme pour les faire souvenir de moi qui les ai aimées : à madame du Roure, le portrait de ma pauvre fille morte ; à madame de Mirepoix, ma montre garnie de diamants et une boîte avec portrait du roi ; à madame de Gramont, une boîte avec un papillon de diamants ; à M. de Soubise, une bague avec une pierre gravée représentant l'Amitié : depuis vingt ans que je le connais, c'est son portrait et le mien. Ce codicille, je le fais écrire par Colet, et n'ai pas même la force de le signer. »

La marquise de Pompadour fut enterrée, d'après sa volonté, sans pompe, portée par les capucins dans un caveau de leur couvent de la place Vendôme, revêtue de l'habit de leur ordre, tout de bure, avec le gros chapelet de Saint-François sur sa ceinture et une croix de bois sur la poitrine.

On a dit que, pour conserver son influence auprès du roi, la marquise de Pompadour avait elle-même facilité, favorisé son penchant à de grossières débauches, en élevant, pour les lui livrer ensuite, de toutes jeunes filles

nobles, mais pauvres. Hélas ! il n'était pas nécessaire
que personne prît cette peine. Non, il n'est pas vrai que
cette femme, dont la vie sans doute fut un éclatant
scandale, mais qui du moins était distinguée par l'esprit
et l'intelligence, se soit jamais dégradée à ce point de
descendre à d'aussi honteuses complaisances. Mais ce
qui n'est que trop vrai, c'est que, sachant les goûts dé-
pravés d'un prince blasé, des familles titrées offrirent
plus d'une fois de réserver pour un peu d'or, pour une
place, pour une pension, leurs filles au honteux honneur
de ses flétrissantes caresses ; ce qui est trop vrai, c'est
qu'afin de s'assurer à l'avance cette avilissante faveur,
ils prenaient date, ils prenaient rang avant que les pauvres victimes de cet ignoble trafic fussent en âge d'être
livrées à leur royal acheteur.

On touchait déjà au règne de la comtesse du Barry.

D'après la chronique scandaleuse du temps, celle qui
devait porter ce nom avili était fille naturelle de mademoiselle Contigny, couturière d'une petite ville de
Lorraine, qui épousa ensuite M. Vaubernier, attaché aux
fermes générales, et d'un moine du nom de Guimard.
Elle naquit le 28 août 1746, fut baptisée sous les noms
de Marie-Jeanne, et eut pour parrain M. Billard de Monceaux, l'un des plus gros financiers de l'époque, alors en
voyage, mais qui habitait Paris. Elle fut, du reste, légi-

timée par le mariage de sa mère avec celui dont elle porte légalement le nom dans l'histoire, excellent homme qui s'en déclara le père, mais qui mourut quelque temps après cet acte de complaisance, laissant sa veuve sans aucune ressource.

Madame Vaubernier partit pour Paris et alla frapper à la porte du riche parrain de sa fille. M. Billard de Monceaux réalisa les espérances qu'elle avait fondées sur sa protection. Il fit d'elle la dame de compagnie de sa maîtresse, mademoiselle Frédéric, célèbre courtisane de l'époque, qu'il entretenait à grands frais et qui le trompait à plaisir ; puis il confia l'éducation de sa filleule aux religieuses du couvent de Sainte-Aure, situé dans la rue Saint-Martin.

Jeanne Vaubernier sortit à seize ans de cette pieuse maison pour entrer dans le magasin de modes que M. Labille tenait rue Saint-Honoré, près de l'Oratoire. Là, elle se fit appeler, on ne sait trop pourquoi, mademoiselle Lange.

C'est dans cette humble situation d'apprentie que la future maîtresse de Louis XV eut sa première aventure.

Les ouvrières de M. Labille logeaient au cinquième étage de la maison où était le magasin de modes ; au quatrième étage, demeurait un commis de la marine du nom de Duval que Jeanne Vaubernier trouvait à son gré, et, rêvant déjà un mari d'un rang relativement plus élevé que le sien, elle se mit en tête de s'emparer de son cœur pour s'emparer de sa volonté. Elle fit si bien qu'un dimanche, à neuf heures du matin, elle se glissait furtivement par la porte entr'ouverte dans l'appartement où l'attendait son voisin, qui se faisait une fête de déjeuner avec elle en tête à tête, comptant bien mettre à profit cette occasion inespérée.

Mais Jeanne Vaubernier était moins imprudente qu'elle ne le paraissait ; elle voulait un mari et non un amant. Le jeune Duval la revit pendant quelques semaines, toujours en tête à tête, mais toutes leurs entrevues restèrent platoniques. Las d'espérer en vain, un jour enfin il écrivit à sa jeune amie que, fatigué de ses résistances, il allait se marier avec une vieille fille noble et riche. Voici la réponse qu'elle lui fit dans la même journée :

« Tu m'apprends que tu me quittes pour une personne de qualité, pour une grande dame avec qui tu vas vivre. Il me semble que ta vanité se complaît beaucoup à me faire part de cette nouvelle. Je ne sais si ton cœur est d'accord ; mais j'en doute. Je sais que l'amour ne connaît point de pareilles distinctions ; qu'il divise toutes les femmes en deux classes : les belles et les laides. Je sais encore qu'une jeune fille de seize ans a toujours mieux valu, vaut et vaudra toujours mieux qu'une grosse

coche de quarante ans, fût-elle issue du sang des Bourbons. Penses-y bien : je te laisse vingt-quatre heures
pour le temps de la réflexion, et compte que tu ne trou-
veras pas deux fois la même chose. Ne crois pas que je
sois embarrassée. J'ai un autre amoureux qui vaut mieux
que toi pour la figure ; il est plus jeune, plus frais ; il est
beau comme Adonis. Tu vas dire : Fi ! quand je t'an-
noncerai que c'est mon coiffeur, mais les grandes dames,
qui se piquent de s'y connaître, préfèrent souvent leurs
laquais à leurs maris. Demande à la tienne : si elle re-
gardait au rang, deviendrais-tu son mari ? Celui-ci
m'offre la foi du mariage ; je n'en veux point, parce que
je serais tentée de le tromper le lendemain ; sinon, il
consent à me mettre dans mes meubles, à manger avec
moi tout ce qu'il a amassé, et nous verrons de plus loin ;
tant que nous nous aimerons, cela ira toujours bien.
Adieu, encore un coup, songes-y : j'ai du faible pour toi
en ce moment. Il sera bientôt passé, et c'est en vain que
tu voudras y revenir quand tu seras dégoûté de ta femme
de qualité. Le perruquier t'aura supplanté ; tu en enra-
geras et j'en rirai. »

Ce langage dit assez quelle femme était déjà Jeanne
Vaubernier, dit assez à quel degré d'expérience et de
corruption elle en était arrivée, dès cette époque, pour
prouver que ses résistances à l'égard du jeune Duval

étaient le résultat d'un calcul et non d'un sentiment de pudeur et de vertu.

Le coiffeur Lamet ne devint pas le mari de Jeanne Vaubernier, mais il fut son amant. Il avait été plus hardi que le commis Duval.

La jeune modiste n'aspirait qu'à monter l'échelle de la société en descendant l'échelle du vice. Elle avait quitté le magasin de modes de M. Labille pour vivre avec le coiffeur Lamet, dont elle resta la maîtresse tant qu'il eut de l'argent. Le jour où il lui montra sa bourse vide, elle entra comme demoiselle de compagnie auprès de madame Lagarde, veuve d'un fermier général. Là elle se composa un maintien si modeste qu'on la prit pour une sainte. Le duc de Brissac, le prince de Soubise et le duc de Richelieu, la croyant innocente, se disputaient sans succès la conquête de l'ancienne maîtresse du coiffeur Lamet, et, pendant qu'elle mystifiait ces illustres roués avec ses airs naïfs, elle partageait ses faveurs entre les deux fils de madame Lagarde, étant à leur insu la maîtresse des deux frères et les trompant ensemble. Ils apprirent enfin qu'ils étaient rivaux. Dans le premier moment de la colère et du dépit, ils dirent toute la vérité à leur mère, qui s'empressa de congédier sa demoiselle de compagnie.

La célèbre entremetteuse de l'époque, madame Gourdan, qui devinait tout ce qu'il y avait d'instinct de débauche et d'esprit de corruption dans l'ancienne ouvrière de M. Labille, attendait pour exploiter sa beauté le jour où elle n'aurait pas de pain. Elle la guettait comme le vautour guette sa proie.

C'est par les soins de cette femme que, le jour même où elle quittait la maison de madame Lagarde, Jeanne Vaubernier fut introduite dans le salon des demoiselles Verrière, qui donnaient à jouer à une société de gentilshommes et de financiers. Elle n'eut que l'embarras du choix dans ce salon, qui n'était au fond qu'un tripot où des femmes de mœurs faciles s'associaient à des chevaliers d'industrie pour ruiner les sots, jeunes ou vieux, que la passion du jeu y avait attirés. Celui qu'elle préféra momentanément était un opulent banquier du nom de Sainte-Foix.

Jeanne Vaubernier était à trop bonne école, dans la société des demoiselles Verrière, pour ne pas s'y former aux grandes intrigues. C'était d'ailleurs une jeune femme ravissante, qui attirait trop l'attention de tous les élégants débauchés du jour pour n'être pas incessamment tentée par toutes les séductions de la cupidité et du plaisir, de la coquetterie et de la vanité, et ceux qui aspiraient à jouer auprès de cette fille d'Ève le rôle de serpent étaient trop nombreux pour qu'elle résistât longtemps à toutes les paroles dorées qui bourdonnaient à ses oreilles. Elle ne tarda pas à se jeter effrontément dans toutes les dégradations du vice, dans tous les avilissements de la prostitution. Elle fut vivement poussée, au surplus, dans ces voies perverses par un homme qui était l'incarnation du mal, par le comte Jean du Barry. Elle suivit cet intrigant, qui allait la façonner à toutes les dépravations et à toutes les turpitudes, en faisant d'elle un élément de fortune.

Le comte Jean du Barry, une fois en possession de ce trésor de beauté, ouvrit à son tour un salon, y attira la noblesse d'épée, la noblesse de robe, la noblesse de finance, tous ceux enfin qui avaient de l'or, beaucoup d'or au service de leurs passions, et il leur prostitua, tant qu'ils voulurent, sa maîtresse dont lui-même leur vantait les charmes. Ce fut sans effort qu'il l'amena à se prêter complaisamment à ce honteux trafic, à cette infâme exploitation de sa personne. Ses inclinations la portaient si naturellement à cette vie de débauche sans nom, qu'elle l'accepta sans difficulté, comme si elle y eût été faite depuis plusieurs années.

La plus éclatante des fortunes, la plus soudaine des élévations devait être le couronnement de cette honteuse et vénale association de deux âmes de boue si bien faites pour se comprendre, et le jour approchait où,

aidée des conseils de son digne complice, le comte Jean
du Barry, Jeanne Vaubernier allait prendre son dernier
essor dans les sphères du vice. Tout, sa nature, le temps
où elle vivait, l'ivresse générale, tout la conviait à briller dans ces sphères par le dévergondage de ses mœurs,
le cynisme de son langage, l'audace de ses débordements non moins que par la vivacité de son esprit, la
distinction de ses manières et l'éclat de sa beauté.

Depuis la mort de la marquise de Pompadour, que Marie Leczinska avait bientôt suivie dans la tombe, il n'y
avait plus eu de maîtresse en titre. Le roi se consolait
de la perte de sa femme et de la perte de sa maîtresse
dans la société des spirituels débauchés, dont il avait
fait ses amis et qui accouraient le distraire dans sa retraite favorite de Choisy, où on faisait des vers légers
en sablant du champagne. Voici, comme modèle de cette
poésie légère, une chanson qui fut improvisée et chantée au dessert, dans un souper où se trouvaient le marquis de Rouvray, le duc d'Ayen, le prince de Soubise et
le maréchal de Richelieu, en compagnie de quelques
jeunes et belles pécheresses de second ordre :

> Que l'on goûte ici de plaisirs !
> Où pourrions-nous mieux être !
> Tout y satisfait nos désirs,
> Tout aussi les fait naître.

> N'est-ce pas le jardin
> Où notre premier père
> Trouvait sans cesse sous sa main
> De qui se satisfaire ?

> Ne sommes-nous pas encore mieux
> Qu'Adam dans son bocage ?
> Il n'y voyait que deux beaux yeux,
> J'en vois bien davantage.

> Dans ce séjour délicieux,
> Je vois aussi des pommes,
> Faites pour charmer tous les yeux
> Et damner tous les hommes.

> Amis, en voyant tant d'appas,
> Quels plaisirs sont les nôtres !
> Sans le péché d'Adam,
> Nous en verrions bien d'autres.

Le roi, supplié de faire son couplet au milieu de cette orgie de gentilshommes, chanta de sa voix la plus fausse :

> Il n'eut qu'une femme avec lui,
> Encore c'était la sienne ;

> Ici je vois celle d'autrui
> Et n'aperçois pas la mienne.

Était-ce mélancolie, était-ce sarcasme jeté aux convives? Tout aussitôt le duc d'Ayen reprit :

> Il buvait de l'eau tristement
> Auprès de sa compagne ;
> Nous autres nous chantons gaîment
> En sablant le champagne.

Mais ces soupers, ces femmes, ces amis, ces plaisirs laissaient vide le cœur de Louis XV que l'ennui, un immense et profond ennui envahissait chaque jour davantage. Il était donc dans cette vague disposition d'esprit qui rend l'âme accessible à la passion, comme le seul moyen de secouer l'imagination de sa torpeur et l'âme de son engourdissement.

C'est alors que le hasard plaça sur le chemin du comte Jean du Barry le célèbre Lebel, en apparence premier valet de chambre du roi, en réalité pourvoyeur en chef des plaisirs de son maître. Ces deux hommes, qui se valaient, se comprirent vite. Ils décidèrent ensemble que Jeanne Vaubernier serait présentée à Louis XV à la fin d'un repas.

Ce plan, qui fut communiqué à l'ancienne maîtresse du coiffeur Lamet et qu'elle adopta avec enthousiasme, rêvant déjà dans son ambition l'héritage vacant de la marquise de Pompadour, fut fidèlement exécuté, et réussit au delà des espérances de ceux qui l'avaient conçu.

Jeanne Vaubernier était réellement d'une beauté merveilleuse. Voici le portrait qu'en a laissé l'entremetteuse Gourdan qui l'avait introduite dans le salon des demoiselles Verrière, point de départ de sa fortune de courtisane :

« Elle était faite à ravir : une taille svelte et noble, un ovale de visage dessiné comme avec le pinceau, des yeux grands, le regard en coulisse, ce qui le rendait plus amoureux ; une peau d'une blancheur éblouissante, jolie bouche, petit pied et une abondante et magnifique chevelure. »

Quand le roi vit paraître, au dessert, cette femme éblouissante, à l'attitude provocante et au regard lascif, il fut frappé de l'éclat de tant de charmes, de l'assemblage de tant de séductions.

Façonnée à l'école du plaisir, démon d'esprit, ange de beauté, Jeanne Vaubernier trouva le secret de ranimer l'imagination blasée de Louis XV, qui s'éprit d'une passion ardente, d'une passion de vieillard pour cette fraîche rose, que ses lèvres se plurent à flétrir de ses baisers fétides.

La jeune femme se prêta complaisamment à cette passion surannée; ne fallait-il pas qu'elle remplît en conscience son métier de courtisane? Mais elle mit un haut prix à ses honteux services : elle exigea un mari qui lui donnât une situation et un titre, car elle voulait être officiellement présentée à la cour, elle voulait y avoir le rang et le pouvoir que la marquise de Pompadour y avait eus.

Ce mari fut bientôt trouvé : ce fut le frère du comte Jean du Barry, qui consentit à couvrir du manteau de son nom les publiques amours de Louis XV et de Jeanne Vaubernier. La bénédiction nuptiale eut lieu dans l'église Saint-Laurent, le 1er octobre 1768. La mariée avait vingt-deux ans. Il y avait déjà trois mois environ qu'elle était maîtresse du roi, qui en avait près de soixante.

Devenue légalement comtesse du Barry, Jeanne Vaubernier expédia tout d'abord son mari postiche dans le midi avec une pension; puis sa présentation à la cour devint son unique pensée, sa seule préoccupation, le grand but de son ambition, le premier rêve de son orgueil. Ce fut toute une affaire, une vraie négociation d'État qui dura plus de deux ans, et où la politique joua le principal rôle.

Toute comtesse du Barry qu'elle fût, toute titrée qu'elle était, la nouvelle favorite n'en restait pas moins, pour les vraies grandes dames de la cour, Jeanne Vaubernier, ancienne ouvrière de M. Labille. D'ailleurs il n'était personne qui ne connût toutes les phases de sa vie de courtisane, l'histoire de ses amours avec le coiffeur Lamet, de ses débauches avec les deux fils de madame Lagarde, de sa liaison intéressée avec le banquier Sainte-Foix, de sa honteuse association avec le frère de son mari et du rôle dégradant qu'elle avait joué à cette époque de sa vie. On eût peut-être accepté dans ce temps de dépravation des cœurs et d'abaissement des caractères, où l'esprit remplaçait toutes les vertus, la favorite d'humble origine, la modiste devenue maîtresse du roi; mais on ne pouvait se résigner à s'incliner devant la prostituée.

D'ailleurs, le duc de Choiseul, resté ministre influent et dirigeant, même après la mort de la marquise de Pompadour, sa protectrice, savait que le jour où Jeanne Vaubernier serait officiellement installée dans le palais de Versailles, que le jour où le roi l'aurait publiquement avouée, il serait sérieusement menacé dans sa situation et son crédit par la coterie du duc d'Aiguillon, amant d'un jour de l'ancienne maîtresse du coiffeur Lamet, des frères Lagarde, du banquier Sainte-Foix et du comte Jean

du Barry, au temps où celui-ci la prostituait à prix d'or
à tous les riches débauchés de la cour et de la ville. Il
mit donc tout en œuvre pour empêcher le triomphe de
celle dont il redoutait l'influence.

Les amis du duc de Choiseul secondèrent ses vues en
chansonnant la comtesse du Barry, afin de la rendre à
ce point ridicule que le roi n'osât pas, par vanité, la produire à la cour et l'avouer publiquement comme sa maîtresse. Voici le texte de quelques couplets qui se chan-
taient alors, sans osbtacle, sur le Pont-Neuf :

> La belle Bourbonnaise,
> Arrivant à Paris,
>   La Bourbonnaise
> A gagné des louis
>   Chez un marquis.

> Pour apanage
> Elle avait la beauté,
>   Pour apanage.
> Mais ce petit trésor
> Lui vaut de l'or.

> Étant servante
> Chez un riche seigneur,
> Elle fit son bonheur,
>   Quoique servante
> Par son humeur.

De paysanne,
Elle est donc à présent
Très-grande dame,
Et porte des falbalas
Du haut en bas.

En équipage,
Elle roule grand train,
En équipage,
Et préfère Paris
A son pays.

Elle est allée
Se faire voir en cour,
Elle est allée ;
On dit qu'elle a, ma foi,
Su plaire au roi.

Voilà qu'elle succombe,
Elle est dans l'autre monde,
Chantons son *libera*, ah ! ah ! an
Soyons dans la tristesse,
Et que chacun s'empresse
En regrettant sans cesse
Ses charmes et ses appas.

Pour qu'on sonnât les cloches,
On donna ses galoches,
Son mouchoir et ses poches,
Ses souliers et ses bas ;

Puis à sa sœur Javotte,
On a donné sa hotte,
Son manteau plein de crotte,
Avant qu'elle expirât.

En fermant la paupière,
Elle finit sa carrière,
Et sans drap et sans bière
En terre on l'emporta, ah ! ah ! ah !
La pauvre Bourbonnaise
Va dormir à son aise,
Sans fauteuil et sans chaise,
Sans lit et sans sofa.

La Bourbonnaise, c'était la comtesse du Barry, alors admise dans les soupers de Choisy, mais qui n'avait pas encore ses grandes entrées à Versailles.

Voltaire lui-même mit tout le fiel de sa plume au service du duc de Choiseul, et écrivit un conte où se trouvent les vers suivants, dans lesquels le poëte faisait allusion aux nombreux amants que la comtesse du Barry avait eus avant d'appartenir au roi :

Il vous souvient encor de cette tour de Nesle,
Vintimille, Limeuil, Rouxchâteau, Pompadonr;
Dans la foule enfin de peut-être cent belles,
Qu'il honora de son amour,

Pour distinguer celle qu'à la cour
On soutenait n'avoir jamais été cruelle.
La bonne pâte de femelle,
Combien d'heureux fit-elle dans ses bras
Qui dans Paris ne connut ses appas?
Du laquais au marquis, chacun se souvient d'elle.

Voici enfin une autre pièce de vers, où l'on se contentait de mêler, à de flatteuses louanges sur les grâces et les séductions de sa personne, le souvenir de l'obscure naissance de la favorite :

Lisette, ta beauté séduit
Et charme tout le monde;
En vain la duchesse en rougit
Et la princesse en gronde;
Chacun sait que Vénus naquit
De l'écume de l'onde.

En vit-elle moins tous les dieux
Lui rendre un juste hommage,
Et Pâris, le berger fameux,
Lui donner l'avantage,
Même sur la reine des cieux
Et Minerve la sage?

Dans le sérail du Grand-Seigneur,
Quelle est la favorite?

C'est la plus belle au gré du cœur
    Du maître qui l'habite ;
C'est le seul titre à sa faveur
    Et c'est le vrai mérite.

Que Gramont tonne contre toi,
    La chose est naturelle,
Elle voudrait donner sa loi
    Et n'est qu'une mortelle ;
Il faut, pour plaire au grand roi,
    Sans orgueil être belle.

Rien n'y fit cependant. La comtesse du Barry fut plus forte, avec sa jeunesse et sa beauté, que toutes les grandes dames de la cour, avec leurs épigrammes et leurs médisances. Le roi n'écouta qu'elle, et dans sa passion, heureux de lui complaire, il décida enfin que les désirs de sa maîtresse adorée seraient réalisés et qu'elle serait présentée à la cour par la comtesse de Béarn, qui consentit à lui servir de marraine.

Cette importante solennité fut officiellement annoncée, dans la soirée du 21 avril 1770, par le roi aux courtisans réunis autour de la balustrade, pour le lendemain, à la sortie de l'office.

Le lendemain, en effet, la comtesse du Barry, portant une robe de damas bleu à lames d'argent, toute flaquetée de rubans roses et de nœuds d'émeraudes, ses beaux

cheveux blonds pendants, poudrés d'or et de semis de
diamants, avec des girandoles également de diamants,
descendant sur le cou et sur les épaules, fut présentée
au roi qui, l'arrêtant lorsque, pour se conformer aux lois
de l'étiquette, elle allait s'agenouiller, lui dit galamment
que les Grâces ne s'inclinaient devant personne.

A dater de ce jour, Jeanne Vaubernier, comtesse du
Barry, exerça dans l'État une influence considérable,
beaucoup moins intelligente, mais aussi absolue que celle
qu'avait eue la marquise de Pompadour. Elle fit et défit
les ministres et, forte de l'empire qu'elle avait sur le
cœur et la volonté du roi, qu'elle appelait familièrement
la France, et qu'elle tutoyait dans les soupers de Choisy,
dans les petits appartements de Versailles, dans les dé-
jeuners de Marly, elle gouverna si publiquement les affaires autant que les plaisirs, que le peuple la nomma
Cotillon III. Elle était en effet la troisième favorite du
règne ; les deux premières avaient été la duchesse de
Châteauroux et la marquise de Pompadour.

Le duc de Choiseul cependant lutta quelque temps
encore contre la protectrice déclarée de M. de Mau-
peou, du duc d'Aiguillon, de l'abbé Terray, qu'elle
poussait au ministère, en même temps qu'elle excitait
Louis XV à briser la résistance des parlements, alors
en guerre ouverte contre l'autorité royale. L'ancien

instrument de la marquise de Pompadour ne put jamais
se résigner à abaisser son orgueil jusqu'à courtiser une
favorite, *née de l'écume de l'onde*, et passée d'un magasin de modes dans le palais de Versailles, en traversant des lieux de débauche et de prostitution. Il continua contre la maîtresse avouée du roi la petite guerre
de chansons et d'épigrammes.

Voici quelques-uns des vers qui sortirent du salon de
cet homme d'État, pour circuler ensuite, de bouche en
bouche, à la cour et à la ville :

> France, tel est ton destin
> D'être soumis à la femelle ;
> Ton salut vint de la pucelle,
> Tu périras par la catin.

> Pourquoi craindrais-je de le dire ?
> C'est Margot qui fixe mon goût ;
> Oui, Margot, cela vous fait rire ;
> Que fait le nom, la chose est tout.
> Je sais que son humble naissance
> N'offre pas à l'orgueil flatté
> La chimérique jouissance
> Dont s'enivre la vanité ;
> Que née au sein de l'indigence,
> Jamais un éclat fastueux,
> Sous le voile de l'opulence,
> N'a pas dérobé ses aïeux ;

Que sans esprit, sans connaissance,
A ses discours fastidieux
Succède un stupide silence ;
Mais Margot a de si beaux yeux
Qu'un seul de ses regards vaut mieux
Que fortune, esprit et naissance.
Quoi ! dans ce monde singulier,
Triste jouet d'une chimère,
Pour apprendre qu'on doit me plaire,
Irais-je consulter d'Hozier ?
Non, l'aimable enfant de Cythère
Craint peu de se mésallier.
Souvent, pour l'amoureux mystère,
Ce dieu, dans ses goûts roturiers,
Donne le pas à la bergère,
En dépit de ses vingt quartiers.

Voulez-vous que de Fanchette
Je vous parle, mes enfants ?
La petite est si drôlette,
Ses appas sont si friands !
     Et je suis, ma foi,
       Plus heureux qu'un roi.
Sa bouche est comme une rose
Au moment d'épanouir ;
Quand la mienne s'y repose,
Dieu ! que je sens de plaisir,
     Et je suis, ma foi,
       Plus heureux qu'un roi.

Drôlesse,
Où prends-tu donc ta fierté?
Princesse,
D'où vient ta dignité?
Si jamais ton teint se fane et se pèle,
Au train
De Catin
Le public te rappelle.
Drôlesse,
Où prends-tu ta fierté?
Princesse,
D'où vient ta dignité?

Lorsque tu vivais de la messe
De ton père Guimard,
Que la Romson volait la graisse
Pour joindre à ton morceau de lard,
Tu n'étais pas si fière
Et n'en valais que mieux.
Baisse ta tête altière,
Du moins devant mes yeux.
Écoute-moi, rentre en toi-même,
Pour éviter de plus grands maux.
Permets à qui t'aime,
De t'offrir encor des sabots.

Mais, à la fin, l'influence de la comtesse du Barry devait l'emporter sur le crédit du ministre, et le 24 septembre 1770, il reçut du roi une lettre de cachet que lui porta le secrétaire d'État, M. de la Vrillière, et dont voici le texte :

« Mon cousin, le mécontentement que me causent vos services me force à vous exiler à Chanteloup, où vous vous rendrez dans les vingt-quatre heures. Je vous aurais envoyé beaucoup plus loin, si ce n'était l'estime particulière que je fais de madame de Choiseul, dont la santé m'est fort intéressante. Prenez garde que votre conduite ne me fasse prendre un parti. Sur ce, je prie Dieu, mon cousin, qu'il vous tienne en sa sainte garde.

« LOUIS. »

Après la chute du duc de Choiseul, il n'y eut plus dans le ministère que des protégés de la comtesse du Barry. Avant de plaire au roi, il fallait plaire à sa maîtresse.

Quelle était cependant cette femme dont Louis XV subissait si complétement la domination, qu'il faillit épouser morganatiquement, car il en eut un moment la pensée; avec laquelle il vivait maritalement, quoiqu'elle fût mariée à un autre, et qui devait clore enfin la liste des favorites royales ? Une prostituée.

Oui, Louis XV, se dégradant aux yeux de la France, se déshonorant aux yeux de l'Europe, faisait asseoir presque sur le trône, à la face de tous, non plus une duchesse de Châteauroux, non plus une marquise de Pompadour, mais une Jeanne Vaubernier.

La prostitution honorée de la faveur royale dans la personne de la comtesse du Barry, quel signe des temps !

Mais ce qui est plus triste à dire, c'est que, toute chansonnée qu'elle fût par quelques-uns, la comtesse du Barry n'en fut pas moins courtisée, flattée, adulée, chantée en vers, célébrée en prose par le grand nombre des courtisans, par les princes, les gentilshommes, les financiers, les poëtes.

Que penser d'une époque où un prince de Condé, inaugurant par une fête splendide sa magnifique résidence de Chantilly, avait soin d'inscrire en tête de la liste des invités, immédiatement au-dessous de la dauphine Marie-Antoinette, une Jeanne Vaubernier ! d'une époque où un duc de Tresme, étant venu voir la favorite absente, n'avait pas craint de s'abaisser au point d'écrire sur la porte de cette femme, en guise de carte de visite :

VOTRE PETIT SAPAJOU EST VENU
POUR VOUS FAIRE RIRE.

Le premier prince du sang, se faisant un devoir et un honneur de faire la cour à la comtesse du Barry ;

l'un des plus grands seigneurs se glorifiant de lui servir de sapajou, quelle marque de dégradation des âmes et d'avilissement des caractères correspondant avec la dégradation et l'avilissement de la femme dans les sphères de l'amour !

Quel abîme entre ces deux maîtresses de roi : Agnès Sorel, Jeanne Vaubernier !

Ce fut encore Voltaire qui joua alors le plus triste rôle. Ingrat envers la marquise de Pompadour, il l'avait cruellement dénigrée, après avoir mendié et accepté sa protection, après l'avoir adulée. Mais au moins, il l'avait attaquée comme il l'avait servie, toute-puissante. Il fut plus vil encore avec la comtesse du Barry. Dès qu'elle l'eut emporté sur le duc de Choiseul, dès que ce ministre, qui l'avait comblé de bienfaits, fut définitivement en disgrâce, il se tourna tout à fait du côté de la favorite, qui était la source des faveurs royales. Voici en quels termes le poëte célèbre, l'écrivain illustre, jouissant d'une immense popularité et possédant la royauté de l'intelligence, félicita la prostituée, devenue Cotillon III, du triomphe qu'elle venait de remporter sur le duc de Choiseul, qu'il encensait la veille :

« Madame la Comtesse, la renommée aux cent voix m'annonce, dans ma retraite, la chute de M. de Choiseul et votre triomphe ; cette nouvelle ne m'a point surpris ;

j'avais toujours pensé qu'il était impossible de ré-
sister à la beauté, mais, vous l'avouerai-je? je ne sais si
je dois me féliciter du succès que vous avez obtenu.
M. de Choiseul était plein de bonté pour moi; sa protection seule me soutenait contre mes nombreux ennemis; puis-je espérer de trouver en vous l'appui qu'il
m'accordait, à moi chétif? Lorsque le dieu Mars n'est
plus là, il est tout naturel que je m'adresse à Pallas, la
déesse des beaux-arts! Refuserait-elle de protéger de
son égide un de ses plus fervents adorateurs? Permettez-
moi, madame, de profiter d'une occasion pour déposer à
vos pieds l'assurance de mon respectueux dévouement.
Je n'ose vous dire les souhaits que je forme, parce qu'on
pourrait en certain lieu m'accuser d'infidélité; mais je
vous promets d'être constant : à mon âge, il est temps de
se fixer. Soyez assurée que je ne m'occupe que de vous,
que je ne songe qu'à vous; qu'il n'est pas un écho des
Alpes à qui je n'apprenne à répéter votre nom. Daignez
agréer, madame, etc.

« VOLTAIRE,

« Gentilhomme de la Chambre du roi. »

On vient de lire comment Voltaire rampait en prose
aux pieds de la comtesse du Barry triomphante. On va
voir comment il la flattait en vers, à l'occasion d'une

visite qu'il avait reçue à Ferney de l'auteur de *Pandore*,
M. de la Borde, qui était venu le trouver avec une recommandation de la favorite. Elle avait chargé son protégé d'embrasser pour elle sur les deux joues l'auteur
de *Zaïre*, qui du reste eût pu être son bisaïeul. Voici
les vers qu'il fit à cette occasion :

> Quoi ! deux baisers sur la fin de ma vie,
> Quel passeport vous daignez m'envoyer !
> Deux, c'en est trop, adorable Égérie,
> Je serai mort de plaisir au premier.

> Vous ne pouvez empêcher cet hommage,
> Faible tribut de quiconque a des yeux.
> C'est aux mortels d'adorer votre image,
> L'original était fait pour les dieux.

Louis XV vieillissait et, en vieillissant, il se complai-
sait chaque jour davantage dans le petit et l'étroit. Dès
les premiers temps de son règne, le palais de Versailles
l'écrasa de sa grandeur. Il s'était d'abord contenté du
château de Marly, qu'il trouva bientôt trop vaste pour la
vie intime, ce qui lui avait fait adopter le château de
Choisy pour théâtre de ses plaisirs. Mais à la fin de sa
vie l'horizon de ces deux habitations lui sembla encore
trop étendu, et il leur préféra le pavillon de Luciennes,
qui devint en même temps la demeure personnelle de la
comtesse du Barry.

Ce pavillon, qui s'élevait au centre de merveilleux jardins où le roi, en veste blanche, et la favorite, en pei-
gnoir rose, se promenaient souvent en se faisant suivre
seulement du nègre Zamore, que l'ancienne modiste de
la rue Saint-Honoré avait tenu sur les fonts baptismaux
avec le prince de Conti, fut le théâtre des dernières
orgies et des dernières débauches intimes qui déshono-
rèrent la vieillesse de Louis XV; c'est là que la comtesse
du Barry, familiarisée avec tous les vices et toutes les
hontes, fit ses derniers efforts pour distraire, pour amuser ce prince, dont l'ennui avait été le plus grand malheur, dès le commencement de son règne. Elle ne recu-
lait devant aucun moyen et employait ceux qui étaient
infâmes et ceux qui étaient ridicules, lui amenant tour à
tour des marionnettes et des vierges, jouets d'enfants et
jouets de vieillards, qu'il brisait également en égoïste
indifférent et blasé, que rien ne peut plus émouvoir, ni
divertir.

Mais la mort allait venir qui, en terminant le règne de
Louis XV, devait mettre un terme à la domination de
Cotillon III. Ce prince expira dans le palais de Versailles,
le 6 mai 1774, à la suite d'un dernier souper qui avait
eu lieu la veille au petit Trianon.

Le lendemain, Louis XVI ordonnait à la comtesse du
Barry de se rendre à l'abbaye de Pont-aux-Dames Dix-

huit mois après, rendue à la liberté, elle revenait, heureuse, reprendre possession de son pavillon de Luciennes ; mais elle ne devait pas y mourir.

Arrêtée le 3 juillet 1793, par ordre du Comité de sûreté générale et sur la dénonciation du nègre Zamore; conduite, après un premier interrogatoire de forme, devant le tribunal révolutionnaire, qui la condamna à mort, toujours sur la déposition de ce même nègre Zamore, Jeanne Vaubernier monta, le 8 décembre 1793, sur l'échafaud de la place de la Concorde, alors place de la Révolution, et tout fut dit.

OLYMPE DE GOUGES

—

THÉROIGNE DE MÉRICOURT

OLYMPE DE GOUGES

—

THÉROIGNE DE MÉRICOUR

———

L'ère des favorites était finie, il ne devait plus y avoir en France de maîtresse de souverain effaçant la souveraine, dominant à la cour et gouvernant l'État.

Peut-être eût-il mieux valu pour Louis XVI qu'il eût moins de ces vertus négatives qui font les vies privées honnêtes, et qu'il eût eu davantage de ces vices éclatants qui font les existences publiques brillantes.

Un héros vaut mieux qu'un saint sur le trône, et un roi qui aime les femmes, qui gagne des batailles et qui donne des fêtes, sera toujours plus populaire qu'un prince dont le cœur et l'imagination s'étiolent dans l'atmosphère uniforme des bonheurs domestiques.

A tout prendre, le libertinage de François Ier, d'Henri IV et de Louis XIV s'harmonise mieux avec le caractère français que la chasteté de Louis XIII et la sagesse de Louis XVI.

Quoi qu'il en soit, la pureté des mœurs sembla ne se réfugier sur le trône que parce que la dépravation générale la chassait déjà de tous les rangs de la société, que parce que la cour et la ville, comme on disait encore, faisaient alors assaut de dévergondage d'esprit et de débauche d'imagination, en même temps qu'elles rivalisaient de libertinage et d'immoralité.

Sous Louis XIII, Ninon de Lenclos et Marion Delorme avaient inauguré le règne des courtisanes exerçant sur les mœurs une influence directe et considérable par la domination qu'elles avaient sur les hommes de haut rang et de grande situation, et se faisant, à la manière d'Aspasie, une large place dans le monde de leur époque.

De l'avénement de Louis XIV à la chute de Louis XVI, l'empire de Ninon de Lenclos et de Marion Delorme s'était partagé d'abord entre quelques filles entretenues, dont l'histoire n'a pas daigné immortaliser le nom déshonoré, le nom flétri, et plus tard entre les demoiselles de l'Opéra et les dames de la Comédie, célèbres par leur esprit et leur beauté.

A vrai dire, à dater de la fin du règne de Louis XIV,

endant la Régence, sous le règne de Louis XV et sur-
out sous le règne de Louis XVI, ces dames et ces de-
oiselles furent les vraies courtisanes du jour. Ce furent
lles qui eurent le privilége de ruiner les gentilshommes
t les financiers. Elles régnaient sur l'aristocratie de
aissance, l'aristocratie d'argent et l'aristocratie d'in-
elligence. On voyait à leurs pieds les écrivains illustres,
es graves parlementaires, les grands seigneurs et les
ermiers généraux ; mais c'était tout : la licence et la
issolution s'arrêtaient là.

La bourgeoisie et le peuple ignoraient jusqu'au nom
e ces reines du monde des plaisirs et n'avaient pas
a moindre idée des mœurs dissolues de la cour et de la
ille.

Les hommes de la société y mettaient, au surplus, un
este de réserve. S'ils s'attelaient au char des demoiselles
e l'Opéra et des dames de la Comédie, c'est d'abord
arce qu'elles avaient une situation officielle qui voilait
es hontes de leur vie de courtisane ; c'est ensuite parce
ue, dans ces sortes de relations, la débauche des sens
tait au moins poétisée par le prestige d'une éclatante
enommée d'artiste, par les séductions de la scène, par
ne sorte d'auréole de gloire qui parlait à l'imagina-
ion.

La vanité jouait son rôle dans ces amours de théâtre,

elle y trouvait de vives satisfactions, et, pendant que
les pages de seize ans, les chevaliers de vingt ans et les
abbés de vingt-cinq consolaient les femmes de la noblesse et de la finance du délaissement de leurs maris,
ceux-ci, tous de haute naissance, de grand renom, d'émi-
nente position ou de fortune considérable, s'étourdis-
saient dans les bras des comédiennes, des cantatrices et
des danseuses, mettant leur gloire à les parer des plus
beaux diamants, à leur donner les plus brillants équipages, à les installer dans les hôtels les plus somptueux.

On conçoit, après tout, qu'on pût se passionner pour
une Gaussin, une Adrienne Lecouvreur et une Clairon,
une Duthé, une Sophie Arnould et une Guimard, qui réunissaient tous les prestiges : celui de la beauté et celui
du talent, celui de l'esprit et celui de la gloire. Elles
n'étaient reines dans le monde des plaisirs que parce
qu'elles étaient reines dans le monde des arts.

C'étaient sans doute d'adorables dissipatrices, de
charmantes prodigues qui semaient l'or à pleines mains,
et dont la possession coûtait des sommes fabuleuses,
insensées, aux brillants étourdis qui se laissaient prendre
à la magie de leur voix de sirènes, à leurs regards et à
leurs sourires d'enchanteresses, aux fascinations de leur
esprit de lutins. Mais ces dissipatrices, ces prodigues,

étaient elles-mêmes de folles filles, qui menaient, à
l'exemple de leurs amants, la vie à grandes guides, qui
ne voulaient de l'or, encore de l'or, toujours de l'or,
qu'afin de pouvoir satisfaire à toutes les fantaisies de
leur imagination d'artistes, que parce qu'elles voulaient
se plonger dans tous les luxes : luxe des fleurs, luxe
des diamants, luxe des dentelles, luxe des équipages,
luxe des ameublements, luxe des objets d'art, luxe des
services de table, luxe des habitations, ces poésies de la
vie matérielle.

Il y avait au fond de ces fiévreuses existences une
sorte de verve, de fougue, d'ivresse, qui, du moins,
idéalisait le vice. En réalité, ce n'étaient que des courtisanes, mais des courtisanes qui avaient encore assez de
respect d'elles-mêmes pour choisir leurs acheteurs, pour
ne pas se vendre au premier venu, pour faire passer
la distinction des manières et l'élégance des formes avant
le chiffre de la fortune. En un mot, à la louange de cette
époque, l'amant restait amant, alors même qu'il payait,
et la femme restait femme, alors même qu'on l'ache-
tait.

Les prêtresses d'amour de ce temps-là, parées de
toutes les séductions de l'art et de tous les prestiges de
la poésie, tout en se vendant, n'en prétendaient pas
moins régner sur les cœurs et les volontés, et ceux-là

mêmes qu'elles ruinaient subissaient avec bonheur leur
influence adorée et les entouraient d'autant de soins, de
prévenances, d'attentions et d'hommages que si elles se
fussent données à eux uniquement par tendresse et d'une
façon tout à fait désintéressée.

Je ne citerai à l'appui de cette opinion qu'un exemple
éclatant qui suffira à la justifier. Jamais il n'est venu à
l'idée du prince de Soubise, qui donnait trois cent mille
francs par an à la Guimard, de la traiter comme une
chose qui lui appartenait, et jamais cette belle danseuse
n'eût permis, l'eût-on couverte de dentelles et de diamants, qu'on la considérât comme une marchandise.

Mais l'heure approchait où le vice allait s'universali-
ser, où l'adultère, qui du trône était descendu dans les
rangs de la noblesse d'épée, de la noblesse de robe et
de la noblesse de finance, allait descendre encore, descendre toujours, jusqu'à ce qu'il se fût naturalisé partout,
de haut en bas, jusqu'à ce qu'il eût pénétré dans toutes
les sphères de la bourgeoisie, dans toutes les régions
du peuple ; l'heure allait sonner enfin où la débauche
devait se démocratiser, et où, en se démocratisant, elle
devait se barbouiller à la fois de lie et de sang, horrible
transition par laquelle il fallait qu'elle passât avec Olympe
de Gouges et Théroigne de Méricourt, ses deux person-
nifications les plus saillantes pendant l'époque révolu-

tionnaire, avant de se vautrer dans la fange et la boue
où croupissent les Laïs et les Phrynés déchues de la
société contemporaine.

Olympe de Gouges eût passé sans doute ici-bas sans
laisser de trace, si elle n'eût attaché le souvenir de son
nom infâme au souvenir d'un club ignoble, du club des
tricoteuses, ces laides et immondes mégères qui exci-
taient les membres de la Convention aux meurtres juri-
diques.

Cette courtisane, sanguinaire autant que dépravée,
était fille d'une revendeuse à la toilette de Montauban,
où elle naquit en 1755. A peine âgée de dix-huit ans,
elle vint à Paris, où tant d'autres sont venues depuis
dans le même but, pour y demander au vice l'opulence
que le travail ne pouvait lui donner, l'éclat qu'elle ne
pouvait conquérir par le talent. L'histoire dit qu'elle
devint la femme légitime d'un individu du nom d'Aubry.
Ce mariage ne paraît pas avoir créé à son indépendance
des obstacles bien difficiles à vaincre, car on ne sait
rien de lui. En revanche, on sait trop d'elle pour l'honneur de sa mémoire.

Fille de joie, Olympe de Gouges n'eût été qu'une
femme avilie ; mais courtisane et tricoteuse, mais al-
liant dans ses passions féroces et perverses à la fois la
cruauté à la dégradation, s'enivrant de l'odeur du sang

qu'elle faisait couler sur l'échafaud non moins que de l'âcre jouissance qu'elle demandait à d'immondes voluptés dans des bouges fétides où elle passait, obscure Messaline, des bras de publicistes révolutionnaires et de conventionnels terroristes dans des bras de clubistes en veste, elle apparaît comme une vision hideuse et sinistre. La femme disparaît pour faire place au monstre.

Olympe de Gouges eut cependant une grande influence dans le milieu où grondaient toutes les passions, où s'agitaient toutes les ambitions du régime naissant de la Terreur. Elle écrivit, elle fit jouer quelques pièces de théâtre qui la mirent en relief et lui servirent de passeport pour pénétrer par contrebande dans le monde de l'époque. On peut la considérer comme la créatrice de cette classe de femmes, aujourd'hui si nombreuse, qui ne voient dans la culture des lettres qu'un moyen d'émancipation autorisant la licence de leurs mœurs et dissimulant l'exploitation de leurs charmes.

Les œuvres d'Olympe de Gouges, qui mourut en 1793 sur l'échafaud pour avoir voulu, par un tardif repentir, défendre Louis XVI devant la Convention, n'ont aucune valeur littéraire, et la femme de lettres est restée bien loin en arrière de la courtisane démagogique. Cependant je dois lui rendre cette justice de convenir que sa mort a presque racheté sa vie.

Olympe de Gouges n'est cependant pas le type le plus caractéristique des prêtresses d'amour de cette époque terrible, où les mêmes lèvres roses, qui le soir donnaient de doux et enivrants baisers, déclamaient le matin de patriotiques et sanguinaires harangues. Cette gloire appartient à Théroigne de Méricourt, ainsi nommée par l'histoire, quoiqu'elle s'appelât Terwagne et qu'elle fût née à Marcourt, petite ville de Belgique. Celle-là devait acquérir une triste et triple célébrité dans les fastes du vice, de la révolution et de la folie.

Théroigne de Méricourt était de basse extraction; elle n'avait ni éducation, ni instruction, ni style, ni orthographe; cependant, emportée par une imagination déréglée, mais active, ambitieuse de bruit, amoureuse de mouvement, aspirant surtout à appeler sur elle, n'importe comment, l'attention publique, elle parvint à jouer sur la scène du monde un rôle qui dura pendant toute la tragédie révolutionnaire. Séduite à l'âge de quinze ans, abandonnée par son premier amant, elle partit pour Londres, où elle devint la maîtresse du prince de Galles.

L'héritier du trône d'Angleterre fit de la fille séduite et de la femme entretenue une courtisane aristocratique. Théroigne de Méricourt quitta Londres, les mains pleines d'or et d'argent monnayés, l'âme gangrenée, le cœur desséché, mais remplie d'audace, prête à toutes les effronteries et à toutes les intrigues, décidée enfin à se faire, de gré ou de force, par le bien ou par le mal, une place dans la société parisienne. Dès qu'elle parut, l'éclat de sa rayonnante beauté attira tous les regards et conquit tous les hommages. Les titres étaient encore à la mode, elle prit celui de comtesse de Campinados et s'installa somptueusement dans un hôtel du quartier du Palais-Royal, celui peut-être qu'avait habité la duchesse de La Vallière, ainsi prédestiné à devenir tour à tour la demeure d'une maîtresse de roi et d'une maîtresse du peuple.

C'est en effet ce que devint, vers le milieu du règne de Louis XVI, Théroigne de Méricourt, qui apparut sur la scène parisienne assez à temps pour dissiper la fortune des derniers nobles et des derniers riches, mais qui, plus tard, quand il n'y eut plus ni gentilshommes ni financiers à ruiner, se prostitua un peu à tout le monde et descendit, comme l'épouse de l'empereur Claude, tous les degrés de l'échelle du vice. Aux grands seigneurs et aux fermiers généraux qui l'avaient visitée dans son élégante chambre à coucher tendue en soie, en manchettes de dentelle, en bas de soie, en souliers à boucles, le chapeau à la main, l'épée au côté, et qui s'étaient reposés sur son lit de bois de rose aux rideaux de tulle, succédèrent alors les ouvriers en carmagnole qui entraient la casquette sur la tête dans sa mansarde, où il n'y avait pour unique ameublement qu'un pauvre lit de sangle, garni seulement d'une misérable paillasse.

Voici comment se produisit cette déchéance. Au temps où Théroigne de Méricourt était encore à la mode, dans la seconde phase de sa vogue, elle avait imaginé d'aller demeurer rue de Tournon et d'appeler dans son salon, de convier à ses soirées les artistes, les hommes politiques et les écrivains, qui s'empressèrent de répondre à son appel. Puis elle eut la fantaisie d'aller étudier le chant sous le beau ciel d'Italie. Elle revint à Paris, sans ressources, au moment où le prologue de la Révolution venait de commencer.

Théroigne de Méricourt avait épuisé toutes les ivresses, toutes les voluptés. L'ennui la jeta dans les bras sanglants de la démagogie. Elle se fit émeutière ; elle était, à la prise de la Bastille, moitié vivandière, moitié soldat, un sabre au poing, des pistolets à la ceinture, dansant une danse de bacchante, les pieds dans la boue et du sang aux mains ; elle était devant le palais de Versailles, hurlant, vociférant au milieu de la foule en démence qui demandait la tête de la reine de France ; elle était partout enfin où il y avait des passions à exciter, des victimes à sacrifier, des bourreaux à encourager, des crimes à inspirer. Le soir, lasse de son rôle de furie, elle re-

prenait, pour vivre, son métier de courtisane. Les conventionnels qui avaient peuplé son salon quand ils
étaient les constituants exaltaient toujours son patriotisme, mais ils ne l'enrichissaient pas. Leurs éloges ne
valaient pas, pour apaiser sa faim, le maigre don de
l'homme du peuple.

Cette dernière phase de la vie publique de Théroigne
de Méricourt dura jusqu'au 31 mai 1793. Ce jour-là,
elle s'avisa de vouloir défendre les jours de Brissot dans
le palais des Tuileries. Un troupeau de mégères qui demandaient la mort des girondins se précipitèrent sur
elle, l'entraînèrent dans le jardin, l'attachèrent à un
arbre, après l'avoir dépouillée de ses vêtements, et se
mirent à la fouetter jusqu'au sang ; puis elles la déli-
vrèrent et partirent, la laissant libre d'aller où elle
voudrait; mais elle ne remua pas et se mit à regarder
les passants en riant aux éclats, d'un rire forcé. La colère
avait altéré sa raison. Il n'y avait plus ni courtisane, ni
furie; il n'y avait plus qu'une pauvre folle.

Théroigne de Méricourt est morte, en 1817, à la Sal-
pêtrière.

L'ÈRE DES LORETTES

L'ÈRE DES LORETTES

———

I

Je ne puis plus nommer personne ; car on est convenu, par un tacite accord, d'entourer de faux respects et d'hypocrites hommages, par considération pour les vivants, par indulgence pour les familles, des mortes du Directoire, du Consulat, du premier Empire, de la Restauration et surtout de la monarchie de 1830, que les Juvénal de l'avenir inscriront, sans scrupule, dans la galerie des belles pécheresses de ce siècle. Mais, à l'exemple de ce flagellateur du vice qui sonna la cloche d'alarme à la fin de la civilisation païenne et au commencement de la décadence romaine, j'esquisserai à traits larges et rapides la peinture générale des mœurs du temps présent.

Dans les sphères de l'amour, le Directoire avait été l'exagération de la Régence, avec un horizon moins élevé et plus étendu. Le Consulat, le premier Empire et la Restauration furent surtout l'époque des filles entretenues qui se croyaient honnêtes parce qu'elles ne se vendaient qu'à un seul amant, et qui, en effet, l'étaient peut-être, quand on les compare à ces courtisanes déguisées du monde qu'on a vues à toutes les époques, sous prétexte qu'elles portaient le nom d'un homme de bien, dont l'honneur les couvrait, nouer et dénouer, avec une merveilleuse facilité, de nombreuses intrigues, rivalisant avec les femmes de plaisir par les nudités de leur costume et les légèretés de leur conduite, et leur faisant parfois une concurrence réelle, car elles ne se donnaient pas toujours par vanité et soif d'hommages, ou par sensualisme et soif de volupté ; quelquefois aussi elles se vendaient par cupidité, pour subvenir, à l'aide de secrètes ressources, aux extravagances d'un luxe insensé.

C'est aujourd'hui surtout, je le dis en passant à cette place, pour ne plus revenir sur ce triste détail des mœurs contemporaines ; c'est aujourd'hui surtout qu'on croise dans les salons les plus aristocratiques et les plus sévères, dans les familles les plus honorées et les plus probes, de ces femmes mystérieusement vénales, qui, sous l'empire des besoins toujours croissants d'un luxe d'année en année plus effréné, plus dévorant, font tacitement de ces honteux marchés avec des hommes de 'eur monde.

Combien de notes de couturières, de modistes et de bijoutiers se payent ainsi en ce moment, à l'insu du mari et au prix de son honneur !

Ces scandaleux trafics, que protége la discrétion chevaleresque de l'amant, sont colorés du titre de services d'ami. Hypocrites capitulations de conscience, affligeantes défaillances de la vertu dont la comédie intitulée : *les Lionnes pauvres*, n'offre qu'une imitation pâle et affaiblie, bien au-dessous de la réalité.

Sous le Consulat, le premier Empire et la Restauration, les filles qui n'avaient rien se mirent à tout accepter d'un protecteur puissant et riche. C'était presque une situation, qui quelquefois acquérait, par la consécration du temps, une sorte de légitimité, mais qui le plus souvent n'était que le début d'une vie d'aventures aboutissant à l'hôpital ou à la mansarde. Les pécheresses qui côtoyaient la classe des courtisanes sans se mêler à elles tenaient, dans les sphères de l'amour, de moitié avec les femmes de théâtre, le haut du pavé; seulement, elles devinrent chaque jour plus nombreuses et plus dégradées;

chaque jour, elles furent moins un être qui sent et qui pense, davantage une chose dont on use ; chaque jour, l'esprit se retirait des régions du vice noyé dans les ondes fangeuses d'un matérialisme plus grossier, d'un sensualisme plus immonde. Après avoir aspiré au rôle de Ninon de Lenclos et de Marion Delorme, elles se contentèrent de n'être que des Théroigne de Méricourt et des Olympe de Gouges.

Sous la monarchie de 1830, la distinction entre les courtisanes en renom, les filles entretenues et les femmes de théâtre commença à s'effacer ; les limites de convention qui séparaient, les unes des autres, ces trois classes de pécheresses se rétrécirent, surtout lorsque les prêtresses de l'art, qui avaient gardé longtemps, jusque dans les désordres de leur vie licencieuse, avec les traditions de tenue du passé, le sentiment de leur valeur et de leur dignité, eurent disparu à la fois du monde de la scène et de la scène du monde.

En même temps, l'esprit d'industrialisme et la doctrine de l'utile, faisant chaque jour de nouveaux progrès, réduisaient toute la science contemporaine à la science du sensualisme. C'est ainsi que la femme et la société descendirent rapidement et d'un pas égal la pente de la décadence morale. On commençait à recueillir le fruit véreux des profondes atteintes que l'exemple d'Henri IV, de Louis XIV et de Louis XV avait portées à l'institution du mariage.

En résumé, de 1793 à 1851, le plus étrange des phénomènes se produisit dans la société française, je puis dire dans la société européenne.

A mesure que la science allait se développant, s'élevant, l'imagination allait se matérialisant, s'abaissant ; à mesure que l'horizon des idées s'élargissait, l'âme des peuples s'amollissait ; à mesure que les lumières s'universalisaient, les caractères s'énervaient ; à mesure que les intelligences se développaient, les cœurs se corrompaient ; à mesure que ce qu'on nomme le progrès creusait dans le sillon que l'humanité trace à travers le temps et l'espace une voie plus large et plus profonde, les rayonnements de la poésie s'affaiblissaient, les resplendissements de l'art s'éteignaient, l'idéal disparaissait, se retirant chaque jour davantage devant le réel, et, de même que la société perdait en énergie de volonté et en élévation de sentiment ce qu'elle gagnait en accroissement de richesse, la femme, à son tour, perdait en prestige ce qu'elle gagnait en influence, et son rôle dans les sphères de l'amour s'amoindrissait à mesure qu'elle prenait plus de place dans la vie sociale.

Le sort en est jeté.

Où va la société chrétienne ?

Je l'ignore.

L'avenir est le secret de Dieu.

Mais il n'y a pas à désespérer.

Souvent là où l'on ne croit découvrir que les ombres du crépuscule apparaissent dans le lointain les clartés de l'aurore.

Voici cependant où nous en sommes en l'an de grâce 1865.

Dans une ancienne commune de la banlieue de Paris, au dernier étage d'une vieille maison, on voit chaque matin une femme déguenillée pousser, avec un méchant balai, sur le palier, les ordures amassées pendant la journée de la veille dans une espèce de galetas, que le propriétaire décore du titre d'appartement.

Cette femme n'est pas seule dans cet appartement. Elle l'habite en compagnie d'un commissionnaire du voisinage, son dernier amant. Elle n'est plus jeune. Cependant elle n'a pas dépassé l'âge des dernières amours et des derniers hommages. La vieillesse n'a pas encore ridé ses traits ni blanchi ses cheveux, et si la misère n'eût flétri son visage et fané son teint, si la souffrance n'eût courbé et déformé sa taille; si, au lieu de grelotter de froid; si, au lieu de souffrir de la soif et de la faim sur un misérable grabat; si, au lieu d'être pauvrement couverte de robes souillées, elle portait d'élégantes toilettes dans un splendide salon, ou de coquets négligés dans un voluptueux boudoir; si elle pouvait appeler l'art du parfumeur, de la modiste, du coiffeur et de la couturière à son aide pour faire valoir ce qui lui reste encore de beauté et de séduction; bien des hommes du monde la trouveraient toujours belle et le lui diraient dans un langage passionné, et peut-être trouverait-elle encore le secret de ruiner des héritiers de vingt-deux ans, assez imprudents pour venir se brûler au feu de ses regards, comme d'étourdis papillons à la lumière des bougies, et assez inexpérimentés pour payer cher ce qu'elle donne pour rien à un commissionnaire.

Ce commissionnaire, qui n'a jamais connu ni les belles manières ni les belles phrases, parle à sa maîtresse, comme un homme du peuple parle à une femme du peuple, avec rudesse ; rentre le soir au logis commun, souvent ivre, toujours maussade ; crie à ré-

veiller les voisins et les voisines, qui n'y prennent plus
garde et ne s'inquiètent plus de ce ménage irrégulier ;
frappe sa compagne avec la brutalité d'un charretier
qui bat son cheval ; fume à ses côtés, pour se distraire,
quand il est de bonne humeur, une pipe culottée. Le
plus grossier des ouvriers traite moins cavalièrement
une fille publique du plus bas étage qui lui vend ses faveurs, qu'il ne traite cette femme à laquelle il n'apporte
que des coups, l'odeur du tabac et des injures.

Je ne dirai pas le nom de cette pauvre créature qui
expie aujourd'hui si cruellement son luxe passé, ses
longs désordres et son ancienne insolence. Contemporaine de Marie Duplessis, sa seule rivale en beauté,
elle brillait comme elle, entre toutes les courtisanes
en renom des dernières années de la monarchie de
1830, par la somptuosité de son appartement, par
la beauté de ses équipages, la richesse de ses toilettes,
le nombre de ses diamants et la splendeur de ses fêtes.
Elle avait débuté dans la carrière des pécheresses sous
les auspices d'un homme qui en la quittant lui avait
laissé, avec son nom à particule, qu'elle continua de porter, un vernis de distinction et d'usage. Ce vernis, qui
lui tint lieu de véritable éducation et d'esprit réel, as-
sura son succès dans le monde des plaisirs, où elle aspirait à tenir le sceptre de la mode.

Cette femme fut quelque temps, avec Marie Duplessis, qui eut le bonheur de mourir jeune, la reine de ce monde, qui ne parlait que de sa chambre à coucher, où l'on ne voyait que tentures de soie rose sur les murs, rideaux de dentelles aux fenêtres et au lit qui était de bois d'ébène incrusté d'or. C'est là qu'elle reposait dans des draps de satin noir, étrange fantaisie qui tenait à cette pensée, que leur sombre couleur faisait mieux ressortir encore la mate blancheur de son teint de lait. Bien des billets de banque ont glissé sur ce lit, car elle mettait son amour à un haut prix, et on ne lui connut jamais ni élan de cœur, ni entraînement des sens, ni mouvement de générosité.

La misérable destinée de cette courtisane déchue n'a déjà plus la couleur des mœurs contemporaines. Ces prodigues, qui ne savent pas se faire une fortune de toutes les ruines qu'elles sèment sur leur chemin, ne sont pas de notre temps ; hier encore elles existaient, elles n'existent plus aujourd'hui.

Voyez cette femme aux joues épaisses, à taille de matrone, qui brillait au milieu des effervescences de la république de Février, voyez-la courir sur le pavé de Paris, dans un excellent coupé qu'entraîne un cheval de prix. Le théâtre pour elle était un piédestal qui lui servait à se montrer sous un jour plus favorable. Elle y gagnait un prestige qui la mettait en valeur en la mettant en lumière. Le soir, elle spéculait sur son talent ; la nuit, elle spéculait sur sa beauté. Mais il ne lui suffisait pas d'être actrice et courtisane ; le matin, elle faisait discrètement et habilement valoir le fruit de ses économies ; aujourd'hui, c'est une rentière retirée des affaires, qui a maison de campagne et maison de ville, et qui peut-être épousera, au premier jour, un pauvre diable sans sou ni maille, heureux de lui donner son nom pour être sûr d'avoir toujours son dîner servi et son gîte assuré.

De notre temps, cela se passe souvent ainsi, et nous avons tous coudoyé dans les bals et les fêtes du vrai monde parisien quelque ancienne fille entretenue, s'y pavanant au bras d'un mari de fraîche date.

Combien je préfère à ces misérables qui trafiquent de leur nom les fous qui dans le délire de la passion épousent, par amour, des femmes avilies, mais jeunes, belles et pauvres. C'est une sottise, mais ce n'est pas une infamie.

Du reste, ces unions-là, quoique devenues plus fréquentes, ne réussissent guère. *Le Mariage d'Olympe*, mise en scène trop fidèle d'un fait trop réel, n'en donne qu'une faible idée. Qui a bu boira, dit l'expérience. La courtisane, quelque effort qu'on fasse, reste courtisane.

Combien ne voit-on pas de pécheresses qui, rentrées dans le monde par la porte du mariage, en ressortent par la porte de la débauche !

Les amants fascinés de ces femmes-là, devenus leurs maris désabusés, n'ont pas toujours des pères qui les en délivrent par un meurtre comme dans la pièce du Vaudeville. Ce sont eux alors qui meurent à la tâche, consumés par le désespoir et la douleur dans la solitude de leur hôtel désert, et quelquefois loin de la patrie absente, par la violence et l'amertume de leurs regrets.

Il y a un pendant ou plutôt une contre-partie à ces filles entretenues, à ces femmes perdues qui, leur acte de mariage en main, forcent la société de subir leur impur contact, en se couvrant du nom de leur mari comme d'une égide sinon contre le mépris, tout au moins contre l'insulte ; ce sont les femmes bien nées et bien mariées, qui s'excluent elles-mêmes de la société par l'éclat d'un scandale public et d'une conduite déréglée ; les unes follement étourdies, les autres profondément vicieuses et dépravées, toutes victimes de la légèreté de leur caractère, de la corruption de leur cœur ou de la fougue de leur tempérament.

Encore un coin du tableau des mœurs de ce temps-ci, que la comédie du *Demi-Monde* a essayé de montrer; mais comme dans ce cadre étroit et terne l'écrivain est

resté au-dessous de la vérité ! J'en ai vu toute une bande ;
il y avait là des filles d'anciens pairs de France, des femmes d'officiers et de fonctionnaires, des mères de futurs
hommes d'État, quelques-unes titrées, toutes escortées de
jeunes amants, ceux-ci payés, ceux-là payant, selon les
vicissitudes de la fortune et le cours des événements ;
toutes se rencontrant dans les mêmes salons interlopes,
mêlées à des actrices entretenues et à des courtisanes
connues, ce qui ne les empêchait pas de se croire et de
se dire encore femmes du monde.

Quel monde que ce monde pervers et cynique, où la
mère devenue vieille et pauvre, ne pouvant plus vivre
sur sa beauté, vit sur la beauté de ses filles, comme cette
dame qui, ayant un mari que des circonstances fâcheuses
avaient forcé de se démettre de fonctions lucratives,
n'avait rien trouvé de mieux que de lui faire une maigre
pension pour acquérir le droit de pratiquer la doctrine
de la femme libre d'Enfantin. Elle portait d'ailleurs un
titre de bon aloi et appartenait par sa naissance à la noblesse de province ; elle donnait d'excellents dîners et
d'attrayantes soirées, comme aurait pu le faire la veuve
d'un banquier, restée riche ; cependant elle était pauvre
et n'était plus jeune ; je ne crois même pas qu'elle ait
jamais été belle. Mais elle avait deux filles charmantes,
dont les intimes et discrètes relations avec quelques

ommes distingués qui fréquentaient la maison expli-
quaient l'apparence de luxe et de richesse qu'on y voyait
régner.

Depuis, ces deux vierges folles, selon la Bible, se sont
richement mariées.

Voilà bien l'époque.

Une honnête et simple jeune fille qui vit dans l'ombre
de sa laborieuse retraite, sevrée de tous les plaisirs et
fatiguée par les veilles, ne trouve pas un brave garçon
qui l'épouse, en se contentant pour dot de sa modeste
vertu, de sa jeunesse, de sa fraîche beauté, et des filles
perdues, déflorées d'imagination comme de corps, aux
visages fardés, trouvent le secret de conquérir des maris
qui leur assurent une brillante existence.

Mais tout ceci n'est que la bordure ; il est temps de
passer au tableau.

Lorsque vous assistez le soir dans quelque théâtre de
Paris, de premier ou de second ordre, à la première représentation d'une pièce importante par le nom de l'auteur ou le caractère de l'ouvrage, pendant toutes les

premières scènes, vous êtes constamment distrait p:
le bruit de quelque loge qui s'ouvre avec fraças.

Vous voyez toute la salle, l'orchestre d'abord, puis 1
balcon, la galerie, se retourner vers cette loge.

Ce même manége se répète plusieurs fois jusqu'à c
que tout le premier rang de loges soit enfin compléte
ment garni.

Si vous êtes étranger, vous faites une remarque sin
gulière, c'est que dans toutes les loges qui se sont tard
vement ouvertes avec tant de bruit, vous apercevez ge
néralement deux femmes, mais pas d'hommes, si c
n'est quelquefois de tout jeunes gens qui ont l'air em
barrassés de s'y trouver.

Vous faites bientôt une autre observation. Ces femme
ont une toilette élégante, mais singulière ; elles porten
de riches bijoux, de magnifiques dentelles ; mais on di
rait que ces bijoux se sentent égarés, que ces den
telles se trouvent fourvoyées. Elles sont belles, mai
d'une beauté étrange. Leur figure, quoique jeune
est arrangée comme si elle était vieille, les sourcils son
peints, la paupière est peinte, ce qui donne à leur fauv
regard une expression bizarre ; leurs joues sont enlu
minées de blanc, de bleu et de rose.

Les unes sont brunes, les autres sont blondes, celles-
ci ont des yeux bleus, celles-là ont des yeux noirs ; il y

en a de petites, il y en a de grandes, mais toutes ont entre elles comme un air de famille. Leur attitude, leur mise, tout contribue à leur donner une sorte de cachet qui fait dire qu'elles appartiennent à une même classe de femmes, à un même monde.

Quelles sont donc ces femmes qui affectent des allures à attirer l'attention, à provoquer le scandale, et dont les manœuvres réussissent si bien qu'elles sont un spectacle dans le spectacle, non-seulement pour les hommes, mais encore pour les dames les plus distinguées, les plus riches, les plus nobles?

Sont-ce des reines de l'art et de la poésie, resplendissantes de gloire et rayonnantes de beauté?

Toutes les lorgnettes sont braquées sur elles pendant les entr'actes; on se les montre, on se les désigne. Ceux et celles qui ne les connaissent pas semblent demander leur nom à ceux et à celles qui les connaissent au moins de vue.

D'où vient qu'elles sont ainsi l'objet de toutes les préoccupations, le but de tous les regards, et qu'elles ont oublier la pièce nouvelle?

Est-ce un hommage à la vertu, au génie ou à la puissance?

Non; car à leur vue, on sourit avec malignité, et, au frémissement que leur arrivée cause dans la salle, se

16

mêle un indiscret et irrespectueux sentiment de curiosité.

A la promenade ou sur le turf, du boulevard des Italiens au bois de Boulogne, sur l'hippodrome de Longchamps, de la Marche, de Vincennes ou de Chantilly, vous retrouvez ces mêmes femmes, quelques-unes dans de brillants équipages à la Daumont, ou en chaise de poste; d'autres dans d'élégantes victorias à deux chevaux, qu'elles conduisent elles-mêmes, toujours vous remarquez qu'on ne s'occupe que d'elles, qu'elles sont le point de mire de tous les regards et de toutes les conversations, que les femmes semblent les envier, que les hommes paraissent les admirer, et que, cependant, elles ne sont jamais accompagnées d'aucun cavalier, comme si c'était une grande prétention ou une grande honte d'être publiquement admis dans leur voiture.

Quelles sont donc ces femmes si élégantes et si luxueuses, si jeunes et si parées, qui sont seules, toujours seules?

Ce sont des Lorettes.

La Lorette est une nouveauté d'un genre particulier, sans modèle dans le passé, et qui restera sans copie dans l'avenir, il faut l'espérer pour la postérité.

Ce n'est ni la fille entretenue, ni la fille publique: c'est un peu l'une et un peu l'autre. Ce serait quelque chose qui approcherait de la courtisane athénienne et de la courtisane romaine dans l'antiquité, si elle joignait à toute la beauté de Phryné tout l'esprit d'Aspasie.

Mais la Lorette n'a pas toujours la beauté et jamais elle n'a de l'esprit, de l'esprit de bon aloi, du moins, de cet esprit qui tient à un don de la nature développé par la culture de l'intelligence.

Au temps d'Athènes, au temps de Rome, on l'a vu au début de ce livre, la courtisane était une femme instruite et distinguée, qui savait la philosophie et l'éloquence, l'histoire et la poésie, l'art et la politique, qui pouvait converser de tout et sur tout, avec les hommes les plus éminents par la science et par l'imagination : avec les puissants et les sages.

Il n'en est pas ainsi de la Lorette ; elle ne sait rien ; son intelligence est aussi inculte que son imagination est pauvre ; son esprit de contrebande est aussi frelaté que son visage de commande est fardé. La licence de ses propos, le cynisme de ses allures, la crudité de ses expressions, le dévergondage de ses conversations, font tout son mérite ; elle a parfois de la verve, mais seulement à condition d'une immonde impureté de langage. Elle ne peut avoir de succès que dans un cabinet de restaurant où, dans la double ivresse du vin et de la volupté, les femmes osent tout dire, les hommes osent tout entendre.

D'où vient la Lorette?

De partout : d'Italie, d'Espagne, d'Angleterre, d'Allemagne, de Pologne, de Hongrie plus que de France, de la
province plus que de Paris ; mais dès qu'elle a posé le pied
dans ces régions sans nom, qu'aucun pays et qu'aucun
siècle n'avaient encore connues, elle n'est plus ni Parisienne ni provinciale, ni Française, ni Italienne, ni Po-
lonaise, ni Espagnole, ni Allemande, ni Anglaise : elle
est Lorette.

De quels rangs sort-elle?

Des plus inférieurs.

Si elle est de Paris, elle est fille de concierge, ou fille
d'ouvriers ; si elle vient de la province ou de l'étranger,
elle est ravaudeuse de bas, cuisinière ou femme de
chambre. Quelquefois elle arrive toute formée, hardiment, déjà faite à son rôle : alors elle prend, du premier
coup, place au premier rang. Le plus souvent, elle passe
du foyer de la famille sur le pavé de Paris, où ses parents l'envoient en service, pour qu'elle gagne honnê-
tement sa vie dans un magasin ou dans une antichambre.
La paresse et la coquetterie lui font bien vite rejeter le
travail pour cette existence de prostitution sans patente,
qui est la vie de l'immense majorité de ces femmes sans
grâce et sans distinction, souvent sans beauté, parfois
même sans jeunesse.

La Lorette est tout un monde exceptionnel, produit spécial du Paris d'aujourd'hui, et c'est ce monde exceptionnel, c'est ce produit spécial qui est le trait distinctif, le cachet caractéristique du tableau des mœurs de la société contemporaine.

Ce tableau n'a qu'une couleur, mais cette couleur a des nuances diverses, les unes plus ternes, les autres plus vives, celles-là plus nombreuses, celles-ci plus saillantes ; on y voit toute une ruche non d'abeilles, car le travail en est banni, mais de frelons en crinolines d'acier et en robes de soie.

De quatre heures du matin à quatre heures du soir, on ne voit rien, on n'entend rien qui révèle l'existence de cette ruche où tout sommeille, et d'où il ne sort aucun bruit, d'où il n'apparaît aucune forme.

Mais de quatre heures du soir à quatre heures du matin, c'est tout un essaim bourdonnant et voltigeant qui apparaît tout à coup comme un décor d'opéra sur les boulevards de la rue du Faubourg-Poissonnière à la rue de la Chaussée-d'Antin, dans le jardin des Tuileries, de la place de la Concorde à l'avenue Marigny, rue de la Paix, rue de Rivoli, place de la Madeleine, au cirque de l'Impératrice, au cirque Napoléon, au jardin Mabille, au Casino de la rue Cadet, à la Maison-d'Or, au Moulin-Rouge. C'est le peuple de la ruche qui va à pied ou monte en omnibus, ou qui, tout au plus, dans les meilleurs jours, prend une voiture de remise à la course ou à l'heure.

Au-dessus, il y a les Lorettes à grande existence, qui ont hôtel et voiture, des diamants et des chevaux, des dentelles à faire envie à une duchesse ou à la femme d'un boursier. Celles-là composent l'aristocratie du vice, aristocratie du hasard, qui souvent les a mises à la mode sans que leur succès s'explique ni par leur esprit, ni par leur beauté, car elles ne sont ni plus spirituelles, ni plus belles que beaucoup de leurs émules, condamnées à vivre perpétuellement d'expédients, se fournissant de robes, au jour le jour, dans la boutique d'une revendeuse à la toilette, tantôt luxueusement meublées, tantôt pauvrement logées, dînant la veille au Café Anglais, le lendemain dans un restaurant à prix fixe.

La plupart de ces brillantes souveraines du monde des plaisirs sont des étrangères ou du moins des provinciales, qui ont le génie du vice comme d'autres ont le génie de l'art; mais quelques-unes cependant sont des Parisiennes de Paris qui ont eu, comme Jeanne Vaubernier, un frais amour de jeunesse avec un étudiant en droit ou en médecine, se donnant alors pour un dîner à 2 francs, un chapeau de 15 francs et une robe de 30 fr., ne se vendant aujourd'hui qu'à ceux dont le portefeuille est garni de billets de banque de tous pays, de napoléons, de piastres, de roubles ou de florins.

Les unes et les autres se valent cependant par l'origine, car celles que chacun nomme, quand elles passent dans leur splendide équipage, se rendant au Bois ou aux courses, ou qui se montrent éblouissantes de parure sur le devant d'une loge de premier rang, un soir de première représentation, dans un théâtre à la mode, sont parties d'aussi bas que celles qui vont à pied, vêtues d'une robe fanée.

La Lorette n'a donc ni éducation, ni instruction; cependant elle est une puissance réelle dans la société contemporaine.

Voyez plutôt :

La brune LASTHÉNIE, qui se souvenait d'être montée sur la scène d'un petit théâtre de province, eut la fantaisie de paraître sur la scène d'un grand théâtre de Paris. Il s'est trouvé une protection assez influente pour organiser à l'Opéra une représentation à bénéfice où elle devait paraître dans tout l'éclat de sa beauté devant un public d'élite.

La salle entière était louée, mais l'autorisation du ministre, dont le consentement était nécessaire pour cette exhibition, avait été surprise; elle fut retirée et le nom de Lasthénie disparut de l'affiche. Qu'arriva-t-il ? Les hommes du monde qui n'avaient songé qu'à lui ménager un triomphe rendirent leur coupon et reprirent leur argent. Elle seule faisait pour eux l'attrait du spectacle.

Les femmes du monde contribuent pour une large part au succès de la Lorette en renom. Au théâtre, aux courses, au Bois, elles ne regardent qu'elle, et, jalousant la fascination qu'elle exerce sur leurs pères, leurs maris, leurs frères et leurs fils, elles s'efforcent de l'imiter dans ses allures cavalières et dans ses toilettes tapageuses ; elles copient ses manières excentriques, ses modes exagérées, se peignent comme elle les sourcils et les paupières, se fardent les joues comme elle, se coiffent de la même manière.

La Lorette n'est plus, pour les mères de famille du faubourg Saint-Germain, de la Chaussée-d'Antin et du faubourg Saint-Honoré, une indigne et méprisable créature, qui prostitue sa beauté pour de l'or ; elle est une rivale dont elles envient le triomphe et qu'elles essayent de vaincre par les mêmes armes, ignorant que le véritable secret de son empire est tout entier dans sa dégradation morale.

Docile à tous les caprices, facile à toutes les complaisances, sans exigences d'aucune sorte, se payant avec de l'argent de tout le sans-façon méprisant, de tout le sans-gêne dédaigneux que ses amants ont pour elle, la

Lorette ne plaît aux hommes que parce qu'elle consent à n'être pour eux qu'une chose.

Si ambitieuse d'hommages que puisse être une femme du monde, elle ne descendrait jamais si bas. Il y a donc folie à elle d'entreprendre une lutte impossible.

Dans ce bazar de la beauté vénale où l'on vend l'amour à la séance, à la semaine ou au mois, à prix fixe ou à prix débattu, mais toujours au comptant, il y a de tout un peu : de prétendues artistes dramatiques ou lyriques pour lesquelles le théâtre n'est qu'une enseigne plus visible ; des femmes de lettres de fantaisie dont les livres ne sont que des réclames pour la marchande de plaisir. On y rencontre même des pécheresses sur le retour qui approchent de la cinquantaine et que le besoin de l'intrigue, si l'on en croit des rumeurs publiques depuis longtemps accréditées dans le monde, a faites les auxiliaires complaisantes de la police politique secrète. C'est un souvenir de cette Venise des doges et des inquisiteurs où les courtisanes faisaient pour ainsi dire partie des institutions de l'État.

Voici, du reste, quelques portraits de Lorettes qui tiennent encore, ou qui prennent déjà le haut du pavé sur la route du vice, portraits dont il faut chercher la ressemblance morale plus que la ressemblance maté-

rielle, car ce sont des traits de mœurs et non des biographies de femmes.

PHRYNÉ est née de parents pauvres, dans une loin-
taine et vaste capitale étrangère ; elle fut mariée fort
jeune à un artisan ; le mari et la femme appartenaient
au culte israélite.

Phryné était ambitieuse. Son imagination bouillonnait
d'impatience et d'envie lorsqu'elle voyait passer de
grandes dames dans de somptueux équipages sortant
de vastes hôtels. Elle vint à Paris sans son mari, qui
eût été un bagage embarrassant.

Phryné rencontra et captiva un grand artiste. Il s'en
éprit au point de vouloir l'épouser, mais elle était
mariée. Néanmoins, il vécut maritalement avec elle
pendant plusieurs années, laissant croire qu'elle était sa
femme. Plus tard, on sut qu'elle n'était que sa maîtresse : ce fut quand la ruine vint la détacher de cet
amant qui lui avait tout sacrifié et qu'elle quitta froidement, lorsqu'il n'eut plus que son amour à lui donner.

La révolution de Février avait éclaté ; le temps n'était pas plus favorable aux courtisanes qu'aux rois. Phryné retomba dans la misère, mais elle avait le génie de l'intrigue. Née dans l'aristocratie, elle eût été une madame des Ursins ; née sur le trône, elle eût été Catherine de Médicis.

Bref, Phryné devait six mille francs à l'une des plus célèbres couturières de Paris. Elle tint à peu près ce langage à cette couturière :

« Ma chère, je ne puis te payer qu'en relevant ma fortune, et je ne puis la relever qu'à Londres. En ce moment, Paris ne m'offre plus de ressources ; mais il me faut des toilettes. Habille-moi à crédit, et tout sera payé. Autrement, tu perdras tout. »

La couturière, qui savait juger et apprécier sa cliente, fit ce que Phryné lui demandait, et celle-ci partit pour Londres, où elle se montra chaque soir dans une toilette et une pose à grand effet au théâtre de la Reine. Là, elle se plaçait toujours dans la même loge en face d'un pair d'Angleterre d'une fortune colossale, dans le but d'attirer l'attention de ce personnage. Ce manége réussit. Le pair d'Angleterre la remarqua, en devint éperdûment amoureux et mit tout en œuvre, promesses et prières, pour la posséder. Elle résista assez pour que le caprice devînt une passion, mais pas assez pour décourager cet amant qui allait la sauver de la pauvreté. Elle lui vendit un tête-à-tête prochain cinquante mille francs.

Ce tête-à-tête suffit sans doute au pair d'Angleterre pour éteindre sa flamme amoureuse, car depuis il ne chercha plus à revoir Phryné, et la chronique de Londres prétend même qu'il a gardé de cette femme un si amer souvenir qu'il l'a prise en haine.

Quoi qu'il en soit, Phryné avait le temps d'attendre. Elle rencontra un cœur naïf et tendre : c'était celui d'un jeune étranger qui vivait à Londres avec sa mère. Il avait une fortune dont le chiffre la ferait sourire de dédain aujourd'hui, mais qui alors lui parut inespérée. Son mari était mort ; elle était veuve, elle était libre. Elle pouvait donc se remarier. Elle imagina aussitôt un plan de conduite qui devait amener son union avec ce jeune homme.

La mère était catholique ardente ; Phryné abjura le judaïsme, fréquenta tous les jours l'église où cette pieuse femme allait prier. Elle fit ainsi la conquête de la mère qui, voyant son fils épris de cette jeune femme qu'elle croyait vertueuse, le poussa elle-même dans les voies du mariage.

Après le repas de noces, tous trois se rendirent sur le continent dans une terre qui appartenait au mari. Quelques temps après, Phryné s'enfuyait de la demeure

conjugale y laissant la ruine, la désillusion et le désespoir.

De retour à Paris, Phryné y noua des liaisons de nécessité et de circonstance avec des étrangers de diverses
nations qui lui firent parcourir l'Europe.

C'est dans le cours de ces pérégrinations qu'elle a
encontré l'amant qui devait lui donner l'opulence, but
de son ardente poursuite.

Aujourd'hui, Phryné possède un hôtel qui est une
merveille de goût artistique, un hôtel d'élégance aristocratique et de somptuosité princière, où l'on se trouve
à chaque pas en face d'une surprise nouvelle, et l'un des
plus magnifiques châteaux de France.

Brune, grande et forte, Phryné n'est plus jeune ; elle
doit avoir dépassé la cinquantaine. Elle a cependant
toujours l'art de charmer ; car on citait il n'y a pas
encore longtemps un diplomate élégant et distingué,
de race aristocratique, un enfant d'Allemagne, qui lui
faisait des présents de roi, et qui l'aimait comme savent
aimer les étudiants de son pays.

LAMIA, qui a quarante-sept ans, est un produit de la Belgique, où elle a laissé un mari qui vit obscurémen[t] de son travail. Elle-même a exercé dans son pays l[a] modeste profession de blanchisseuse. Elle possède au jourd'hui cinquante mille livres de rente. On parle beau coup dans son salon, où il n'est cependant pas prudent à ce qu'on assure, de parler politique.

Lamia n'est ni brune, ni blonde, ni grande, ni petite ni laide, ni jolie; mais elle plaît, elle attire, elle séduit elle charme, elle fascine. Ses yeux n'ont ni l'éclat des yeux noirs, ni la douceur des yeux bleus; ils sont d'une couleur indécise. Mais elle sait si bien s'en servir !

Il y a longtemps déjà que la jeunesse dorée du bou levard des Italiens a mis Lamia à la mode. Son âge indiqué qu'elle est presque d'une autre époque. Auss[i] s'est-elle mise sous la protection d'un vieillard, ancien diplomate, riche étranger du meilleur monde et de nais sance aristocratique. Ce choix prouve son esprit, car un amant septuagénaire n'a pas le droit de s'apercevoi[r] qu'elle a vieilli.

LÉONTIUM était piqueuse de bottines dans une ville de province où elle fit d'humbles débuts dans l'art de la scène et l'art de la galanterie. Mais un jour, en se regardant dans le miroir de sa chambrette, elle trouva qu'elle pouvait aspirer à briller sur un plus vaste théâtre. Elle vint à Paris, où elle attend toujours un succès de talent et d'esprit; mais sa ravissante figure, ses beaux yeux noirs et ses beaux cheveux châtains lui valurent, dès le premier jour, un éclatant triomphe de beauté.

Léontium est à peu près contemporaine de Lamia. Elle en a imité la prudence. Elle aussi s'est mise sagement sous la protection d'un riche étranger septuagénaire qui la trouve toujours jeune et qui le lui prouve en lui donnant de magnifiques diamants qui sont une fortune.

THAIS est de taille moyenne, avec des cheveux châtains, une séduisante désinvolture et des regards de basilic à damner un cardinal. Elle était couturière en province, lorsque l'ambition lui montant au cerveau, elle se dit que, ne pouvant être une grande dame de naissance, que ne pouvant acquérir le luxe et la richesse par le travail et le talent, elle parviendrait du moins, à l'aide de sa beauté, à briller au premier rang parmi les femmes de plaisir de notre époque. Elle s'est tenu parole, car jusqu'à ce jour elle a constamment grandi par la situation de ses amants.

Du reste, Thaïs a, de plus que Léontium et Lamia, de la jeunesse et de l'esprit. Elle a voulu former un salon politique et littéraire : elle **y** est parvenue.

LYDIE est fille d'un militaire qui a gémi sur les désordres de sa fille, mais qui n'a pu l'arrêter sur la pente du vice. Ses débuts, cependant, n'auraient pas dû l'encourager à rester dans cette carrière, où il y a plus d'épines que de roses. Elle a traîné quelque temps sa robe souillé sur le pavé de Paris, où elle vivait au hasard de la journée qui n'était pas toujours lucrative.

Mais Lydie est d'une trempe énergique et d'un caractère décidé. C'est une gracieuse et jolie brune, à la magnifique chevelure noire, aux traits accentués et à la taille un peu forte. Elle alla tenter la fortune à Alger, où elle joua le drame et la comédie. Elle en revint avec un amant qui la mit à la mode.

Aujourd'hui, Lydie, qui monte admirablement à cheval, est l'une des plus brillantes étoiles du monde des plaisirs. Splendidement logée sur l'un des nouveaux boulevards du centre de Paris, elle mène la vie à grandes guides, semant l'or à profusion et étalant un luxe de sultane.

LAIS est une personne sortie des derniers rangs du peuple; elle a fait d'humbles et obscurs débuts dans le monde des amours vénales. Mais le fils d'un ancien maréchal de France l'a mise à la mode. Elle est montée encore, et bien qu'un peu redescendue, elle se maintient dans les sphères élevées du vice. Elle a déjà trente-cinq ans, mais elle est toujours séduisante. Sa piquante et brune physionomie, pleine de langueur et d'expression, ses grands yeux noirs, ses petites dents blanches, sa taille enchanteresse, et surtout sa grande expérience

dans l'art de la séduction continuent à la rendre dangereuse. Son boudoir a des échos non moins indiscrets
que les murs du salon de Lamia. Il ressemble, du reste,
à une voiture de famille. Avec un titre et de la fortune,
on y entre toujours; elle n'est à personne, afin d'être
librement à plusieurs; son luxe extravagant ne peut se
composer que de plusieurs ruines simultanées.

CARMEN était née pour faire une femme honnête.
Elle appartient à une famille titrée de France et a été
mariée à un noble diplomate de la Péninsule. Le serpent s'est glissé dans ce ménage prédestiné aux scan-
dales et aux catastrophes de toute nature, sous la forme
d'un séduisant gentilhomme du meilleur monde parisien.
Tous deux s'enfuirent en Angleterre, où l'amour les fit
heureux pendant deux années.

Cet événement eut de l'éclat et rejeta pour toujours
Carmen hors du vrai monde. Aujourd'hui, elle a glissé
sur la pente où tant d'autres l'ont devancée, et, de
chute en chute, elle a roulé jusqu'au fond du précipice.
Son salon est une maison de jeu licite, de grand air et
de bon ton.

Carmen a déjà dépassé l'âge des femmes de Balzac ; elle a trente-trois ans. Elle est un peu trop petite et trop forte ; mais elle a une main, une jambe et un pied aristocratiques à tenter un saint.

ARABELLA a la taille fine et cambrée, grande et svelte ; son attitude est pleine d'une séduisante désinvolture ; sa gloire est d'avoir mis à la mode les cheveux rouges. C'est la couleur de l'or que la nature lui a donnée. Un poëte dirait que sa chevelure d'or rappelle mademoiselle de Cardoville du *Juif errant* d'Eugène Sue. On pourrait tout aussi bien la comparer à la Vénus mythologique des Grecs, car elle a aussi les yeux verts comme ceux de cette ancienne reine de Cythère, mère de l'amour et déesse de la beauté.

Une jeune fille sans fortune et sans cœur, qui a les cheveux rouges et les yeux verts, était prédestinée à devenir l'une des plus brillantes étoiles de ce monde qu'on appelle le demi, sans doute parce que la moitié du vrai monde est à ses pieds, les mains pleines d'or, de banknotes, de diamants.

Arabella justifie la vogue dont elle jouit parmi les

hommes et la jalousie qu'elle inspire aux femmes par
ses grands airs, sa tête fine, son nez retroussé à la
Roxelane, sa bouche sensuelle, ses dents petites et blanches, que l'on pourrait prendre pour une double ran-
gée de perles.

Le vice a sa distinction et son individualité tout comme
la vertu et le génie. Arabella a une manière de se poser
et de se tenir, une manière d'être enfin qui n'est qu'à
elle ; elle a, surtout à cheval, une audace particulière
que ne possède aucune autre écuyère du Bois, de sa
sphère. C'est ce qu'on appelait autrefois avoir du cachet
et ce qu'on appelle aujourd'hui avoir du chic. De notre
temps, le grand chic a remplacé le grand air. Est-ce
un progrès ?

Si Arabella n'a pas de cœur, elle a de l'esprit ; si elle
manque d'éducation, elle ne manque pas d'aplomb.
Aussi serait-elle une courtisane de vraie race grecque si
elle parlait moins de ses chevaux et si elle était moins
familière avec ses cochers. Ce défaut, qui rappelle trop
son origine plébéienne et sa nationalité britannique, ne
l'empêche pas d'avoir dans la haute banque une valeur
commerciale très-élevée. Il est vrai que les financiers de
notre époque ne sont pas des Alcibiades et encore moins
des Périclès. Peut-être se trouveraient-ils très-dépaysés
dans le boudoir d'une Aspasie.

Arabella, qui a vingt-six ans, est née dans les derniers rangs de la dernière classe du peuple britannique ; c'est une petite fille ramassée dans le ruisseau par un fou qui l'a jetée dans les hasards de la vie aventureuse des courtisanes, un jour de spleen où il ne savait comment employer son temps.

Ce fou ne pensait ni à la veille ni au lendemain ; il avait trouvé cette petite fille originale, il lui parut plaisant de devenir son premier amant. Seulement, il se trouvait qu'il semait sur un terrain favorable. Arabella avait toutes les aspirations et toutes les qualités de la courtisane.

Arabella a eu des amants jeunes, élégants, riches, beaux et spirituels qu'elle a mis sa gloire à fasciner au point de leur faire oublier tous leurs devoirs de fils, d'époux, de père. Tous n'ont été pour elle que des instruments de sa vanité. Elle n'a jamais connu et ne connaîtra jamais l'amour. Insolente avec les femmes, brutale avec les hommes, elle ne comprend qu'une volupté, celle qu'elle éprouve en écrasant ses rivales de l'éclat de ses toilettes et de la splendeur de ses équipages. Elle brille en ce moment au premier rang des célébrités du genre et dépense chaque année, pour maintenir sa réputation de courtisane à la mode, le douaire d'une souveraine : deux cent mille francs.

ASPASIE est d'origine américaine, c'est une blonde de vingt-neuf ans ; elle a des yeux bleus, mais ces yeux, quoique bleus, sont durs ; ils sont voilés de longs cils arqués ; ses cheveux sont longs et soyeux ; sa taille est svelte, mais son nez est pointu et sa figure est anguleuse comme son caractère. Elle a du reste un grand pied et une grande main qui trahissent sa nationalité. Son hôtel, situé au centre du plus splendide quartier de Paris, est un palais. Elle y vit, sous l'œil fermé d'un mari sceptique, avec le luxe et l'élégance d'une princesse ; elle y reçoit les hommes les plus distingués d'Europe comme si elle était ambassadrice ; sa table rivalise pour les vins et les mets avec la table d'un ministre ; elle déploie, dans des soirées intimes de dix personnes, plus de faste que les femmes de banquiers dans une fête de mille invités ; ce soir-là, tout est fleurs et lumières dans sa magnifique habitation, dont les vastes salons sont ornés et éclairés comme si l'on attendait toute l'élite de la société parisienne.

Aspasie est aussi prodigue qu'Arabella ; elle gagne aussi

facilement et dépense aussi follement l'or qui ruisselle
entre ses mains ouvertes, comme si elle le puisait par
poignées dans une mine sans fond. Son budget est du
même chiffre ; seulement, il n'y a qu'un contribuable qui
l'alimente.

Mais la reine de Saba de ce temps-ci, ce n'est ni Laïs,
ni Aspasie, ni Thaïs, ni Lydie, ni Lamia, ni Léontium,
ni Phryné : c'est **OLYMPIA**.

Que de fois n'avez-vous pas entrevu dans vos songes
de poëte cette adorable fille d'Ève, séduisante à rendre
fous d'amour tous les saints du paradis, si tous les saints
du paradis redescendaient sur la terre !

Que serait-ce si vous étiez en face de ce charmant démon d'esprit, de grâce et de beauté, assemblage de toutes
les séductions qui font la perdition des hommes et l'envie des femmes ? Fuyez Olympia, car si jamais elle vous
sourit avec ce sourire qui enivre ; si jamais elle vous regarde avec ce regard qui fascine, vous êtes perdu : elle
fera de vous ce qu'elle voudra : elle dominera votre volonté, elle enflammera votre imagination, elle gouvernera
votre cœur. Ève devait avoir cette irrésistible puissance

de entation, lorsqu'elle offrit à Adam la moitié de la pomme dérobée à l'arbre de la science dans le paradis terrestre.

Quel Adam résisterait à cette Ève, fée du plaisir, magicienne de l'amour ?

Olympia est de taille moyenne; son corps a la flexibilité de la liane. Dans la voluptueuse souplesse et la provocante désinvolture de ses mouvements, il ondule amoureusement comme le flot caressant de la Méditerranée.

Olympia a les yeux d'un vert chatoyant et les cheveux d'un rouge fauve; des lèvres de corail, des dents d'ivoire, d'adorables petits pieds, d'adorables petites mains, de ravissantes épaules, le bras harmonieusement arrondi, la jambe bien faite.

Olympia a toutes les audaces de la jeunesse, des aspirations à la fois poétiques et aristocratiques, le caractère entreprenant et aventureux, une vive intelligence, un esprit cultivé, un langage pittoresque; en un mot, elle est, dans les sphères de l'amour, dans les régions du plaisir, dans la classe enfin des Lorettes, une brillante exception.

Olympia est Anglaise comme Laïs, mais elle est née dans un milieu beaucoup moins vulgaire. Son père la mit de bonne heure dans un couvent de Boulogne. Là, elle apprit le français qu'elle parle avec une rare pureté et qu'elle écrit avec une extrême correction.

Chacun ici-bas a une destinée à laquelle nul ne peut échapper, et les musulmans n'ont que trop raison de croire à la fatalité. La brillante élève des religieuses de Boulogne n'était pas appelée à vivre de la vie honnête et calme des mères de famille, qui trouvent le bonheur à l'ombre du foyer domestique. Sa mauvaise étoile voulut qu'elle retournât à Londres, où un séducteur sans scrupule abusa bientôt de son inexpérience.

Olympia est une de ces natures ardentes qui poussent tout à l'extrême. Son imagination lui montre toujours, comme but, les bornes les plus reculées du chemin où elle se trouve. Une fois lancée dans une vie d'aventures, elle devait être entraînée par la pente de son caractère à s'y précipiter à corps perdu; elle devait aspirer à se faire, dans le monde des plaisirs, une situation dont l'éclat lui en fît oublier l'agitation.

Mais Olympia allait bientôt prendre son vol vers les sphères les plus élevées de ce monde des Lorettes qui semble ressusciter aujourd'hui l'époque des anciennes courtisanes d'Athènes et de Rome. Elle vint à Paris à dix-huit ans, dans toute la fraîcheur, dans tout le rayonnement de sa jeune et ravissante beauté. Elle comprenait son époque. Elle se fit remarquer par des excentricités sans frein. Elle savait que, de notre temps, la première condition du succès, c'est d'attirer l'attention, n'importe de quelle manière. Elle eut bientôt un amant de petite fortune, mais de grand monde, qui devait la mettre en relief : c'était un commencement.

Olympia saurait aimer, si elle voulait aimer. Elle a un cœur ; mais elle en comprime à dessein les battements, afin de rester plus maîtresse d'elle-même. Elle aurait eu peut-être toutes les abnégations de la passion, si elle n'avait été aussi complétement dominée par le démon de la vanité. Son véritable amour, le but de ses rêves, c'est cette grande et large vie anglaise, si pleine d'élégance et de luxe de tous genres, vie de chasses et de courses, vie splendide et dispendieuse, où les chevaux tiennent tant de place.

Le premier amant d'Olympia n'était donc pas riche, quoique très-noble et très-distingué. Elle habitait modestement un quatrième étage dans un quartier plébéien. Elle acceptait sans murmure la médiocrité de cette étroite et mesquine existence. La seule privation qu'elle ne pût supporter sans révolte, c'était de n'avoir pas de cheval. « Un cheval, se disait-elle intérieurement, tout mon amour pour un cheval ! »

Désir de femme est un feu qui dévore.

Olympia n'eut pas de repos, elle ne dormit ni jour ni

nuit, jusqu'à ce que ce désir qui la dévorait de posséder un
cheval fût satisfait. Enfin, elle parvint à acheter un cheval alezan qui ne lui plut pas longtemps et qu'elle rem-
plaça par un cheval arabe qui avait appartenu à M. de
Lamartine. L'illustre poëte l'avait ramené d'Orient; il
ne se doutait guère alors que ce cheval serait le piédestal d'une femme à la mode.

Tout Paris admira Olympia montant avec une grâce
inimitable et une hardiesse merveilleuse le cheval arabe
de M. de Lamartine, en se rendant au Bois, vêtue d'une
amazone de coutil blanc et coiffée d'un petit chapeau
hongrois à plumes. C'était un ravissant tableau qui avait
tout l'attrait de la nouveauté. Jamais on n'avait vu ni
semblable chapeau, ni pareille amazone; puis le cheval
semblait si bien fait pour la femme, la femme semblait
si bien faite pour le cheval!

C'est là le point de départ de la réputation d'élégance et de beauté d'Olympia. La veille, elle passait
inconnue, le lendemain tout Paris savait son nom.
Oh! étrangeté des temps, bizarrerie des hommes! Nous
avons deux manières de voir la même femme, selon
qu'elle passe à pied ou à cheval. Question d'art et de
perspective.

A dater de ce moment, Olympia prit place au premier rang des étoiles du monde des plaisirs. Elle chan-

gea de rue et descendit de son quatrième étage à un premier étage. C'était monter. Splendidement installée dans ce nouveau logement qu'elle quitta bientôt pour un autre appartement plus somptueux encore, conduisant elle-même une brillante victoria traînée par deux magnifiques chevaux, elle donna le ton de la mode et l'élégance dans toutes les régions de ce monde de convention, servit de modèle à ses rivales qui l'envièrent tout en s'efforçant de l'imiter, et devint le point de mire de tous les promeneurs du Bois, de tous les amateurs de courses et de tous les désœuvrés de Paris.

Depuis, les amants se sont succédé dans le boudoir d'Olympia, amants titrés ou riches, puissants ou illustres, qui dans leur folle ivresse ont tous prodigué l'or à pleines mains pour satisfaire à toutes ses fantaisies, à toutes ses ambitions de luxe. On bâtirait un charmant village pour cent familles qui y vivraient dans l'abondance, avec tous les millions qu'elle a dévorés en quelques années, afin d'assouvir sa passion effrénée pour les beaux chevaux, les belles parures, les beaux ameublements, les beaux équipages.

Ivre de ses triomphes, adulée, courtisée, reine dans le royaume qu'elle s'est fait par son esprit et sa beauté, Olympia en est arrivée à se poser hardiment en face de la femme du monde en rivale de société. Elle aussi

donne à dîner, elle aussi donne à danser, elle aussi
déploie un goût merveilleux, une élégance exquise qui
fait illusion, et les étrangers naïfs qui assisteraient aux
fêtes où elle les convie par ostentation sans savoir où ils
sont, s'étonneraient peut-être un peu de l'allure dé-
gagée des femmes; mais en retrouvant là les mêmes
hommes qu'ils auraient pu voir dans un salon véritablement aristocratique, ils pourraient se croire dans
l'hôtel d'une vraie grande dame de la cour de France.
Ainsi, pendant le dernier carnaval, elle a envoyé
des invitations pour un bal qu'elle devait donner, im-
primées exactement comme celles que le préfet de la
Seine adresse aux privilégiés des splendides fêtes de
l'Hôtel de ville.

Tous les illustres et riches étrangers qui se trouvaient alors à Paris se sont rencontrés dans ce bal avec
toutes les sommités nationales de la politique et de la
littérature, de la finance et de l'administration; on y
voyait des sénateurs et des pairs d'Angleterre, des dé-
putés et des membres de la Chambre des communes,
des hommes d'État, de grands seigneurs et d'opulents
banquiers de tous les pays, des princes, des ducs, des
marquis, des comtes, des barons et, ce qui est mieux
encore, des hommes éminents qui se sont fait, par leur
génie, un nom européen.

La société féminine de la fête se composait de quelques amies de la maîtresse de la maison, ayant le même genre de vie, et d'un grand nombre de jeunes et jolies actrices. Toutes portaient des robes d'une richesse et d'une élégance rares, toutes étaient couvertes de bijoux et de dentelles à faire honneur à la libéralité de l'Europe, car c'est l'Europe entière qui fournit à ce luxe inouï dont la Rome des Césars elle=même n'a pas eu l'idée.

Paris est le bazar féminin du globe. La Lorette appartient à l'univers et l'univers, contribue à son entretien.

L'orchestre était celui d'un bal d'agent de change. Les quadrilles étaient naturellement plus animés que dans une soirée diplomatique ou ministérielle; car l'étiquette met toujours de la froideur partout où elle se montre, et là on l'avait bannie avec soin. Chaque invité du grand monde la laissait à la porte. On dansait au premier étage; le second était réservé pour le souper, qui fut digne des soupers de la Régence.

Voici le menu de ce festin nocturne qui est un enseignement, car il explique la prodigalité du vrai monde par la prodigalité du demi-monde, celui-ci mettant avec effronterie sa vanité à depasser celui-là en luxe de tous genres; celui-là ayant la folie de mettre son orgueil à suivre celui-ci sur cette pente rapide et fatale au bas de laquelle est le gouffre où s'engloutit la fortune de tant de familles :

Consommé de volailles à la Bagration,
Seize hors-d'œuvre variés,
Bouchées à la Talleyrand,
Saumons froids, sauce ravigote;
Filets de bœuf en bellevue,
Timbales milanaises,
Chaudfroid de gibier,
Dindes truffées,
Pâtés de foie gras,
Buissons d'écrevisses,
Salades vénitiennes,
Gelées blanches aux fruits,
Gâteaux Mancini,
Parisiens et parisiennes,
Fromages glacés,
Ananas,
Dessert.
Château-d'Ykem,
Johannisberg,
Laffitte,
Tokay,
Champagne Cliquot.

Les convives, au nombre de deux cents, ont soupé assis, de deux à quatre heures. Au dessert, un grand artiste, attaché à l'une des premières scènes lyriques de Paris, a chanté la chanson que voici, échappée par hasard d'un portefeuille de poëte :

Oui, que le vin déborde de nos verres;
Oui, que l'amour déborde de nos cœurs;
Allumez-vous, regards doux ou sévères
Baisers de feu, venez sécher nos pleurs.
La coupe en main, saluons nos maîtresses;
Tendres désirs, brillez dans tous les yeux ;
Amis, mêlons nos brûlantes ivresses
Aimez, buvez, et vous vivrez joyeux

ive le vin, vivent les belles !
Adieu sagesse, adieu chagrins,
Amours toujours nouvelles,
Verres pleins et gais refrains.
Riches qu'on envie,
Oui, voilà, voilà la vie !

Verse, échanson, verse, verse toujours ;
Qu'an double feu circule dans nos veines ;
Viens, volupté, viens embellir nos jours ;
Dans les plaisirs, amis, noyons nos peines ;
Pour être heureux, il faut boire et chanter ;
Il faut aimer, mais aimer à la ronde ;
Je chante et bois sans jamais m'arrêter ;
Amis, passons de la brune à la blonde.

Adieu sagesse, adieu chagrins ;
Vive le vin, vivent les belles ;
Amours toujours nouvelles,
Verres pleins et gais refrains.
Riches qu'on envie,
Oui, voilà, voilà la vie !

Cette chanson était à peine finie que les danses recommencèrent, avec un entrain exagéré, un cotillon diabolique jusqu'à six heures du matin.

Olympia occupe maintenant un hôtel dans la région des Champs-Élysées. La décoration intérieure de son habitation et l'ameublement de son boudoir, de ses salons et de sa chambre à coucher sont des merveilles de goût artistique, des miracles d'élégance aristocratique. Son écrin renferme deux magnifiques parures, l'une d'émeraudes, l'autre de saphirs et de très-belles perles fines. Sous ses remises, il y a sept voitures. Dans ses écuries, il y a le charmant attelage de poneys que tout Paris connaît et admire, quatre superbes chevaux de calèche, trois chevaux de selle d'un grand prix. Son service est celui d'une pairesse d'Angleterre. Elle a un huissier, un valet de pied, un maître d'hôtel, un cuisinier, une demoiselle de compagnie, une femme de charge, et enfin une femme de chambre et une lingère qui doivent avoir beaucoup à faire, surtout lorsque leur

maîtresse est aux eaux, car l'année dernière, à Bade,
elle changeait de toilette deux fois par jour et n'y a jamais porté deux fois la même robe.

II

Cette insolence de luxe, cette audace de maintien
d'une Olympia, doit irriter, froisser les femmes du
monde. Mais si elles ont raison de s'en montrer offen-
sées, elles ont tort de s'en prendre aux hommes, elles
ont tort de se plaindre du piédestal sur lequel notre
époque a placé la Lorette; car ce sont elles qui lui ont
fait ce piédestal, par l'importance qu'elles lui ont ac-
cordée. Si elles faisaient autour d'elle la solitude du regard et le silence de la parole, elles effaceraient la moitié
de son auréole; mais n'est-il pas déjà trop tard pour
qu'elles aient cette sagesse?

Le courant des mœurs nous emporte tous vers je ne
sais quel gouffre. Il y a dans l'air du siècle une sorte de
vertige qui nous entraîne; nous méprisons la Lorette et
nous l'élevons de nos propres mains sur un socle de

statue pour que chacun la voie et la regarde. C'est une démence universelle à laquelle nul ne sait plus, nul ne veut plus se soustraire. Les pièces dont elles sont le sujet sont les seules qui nous plaisent et nous captivent.

J'ai pleuré, nous avons tous pleuré aux représentations de la *Dame aux Camélias* ou des *Filles de marbre,* parce que, en écoutant ces drames, nous nous sommes retrouvés avec nos passions, nos fièvres, nos folies, nos souffrances; parce que tous nous aurions pu être, si nous ne l'avons pas été, le Raphaël d'une autre Marco, ou l'Armand Duval d'une autre Marguerite Gautier.

La *Dame aux Camélias,* les *Filles de marbre.* Ces œuvres-là sont déjà bien loin de nous. Qui sait si nous les applaudirions encore avec le même enthousiasme? qui sait si nous les écouterions toujours avec la même émotion? N'est-ce pas déjà trop littéraire, trop délicat, trop élevé pour notre esprit blasé, pour notre pensée fatiguée? Qu'avons-nous à faire d'œuvres de théâtre qui font réfléchir et d'où nous pouvons emporter une impression sérieuse?

Laissez en repos notre intelligence énervée, notre imagination épuisée. Donnez-nous des féeries, encore des féeries, toujours des féeries.

Ah! parlez-nous des *Pilules du diable,* du *Pied de*

mouton, de la *Biche aux bois*. A la bonne heure : voilà une poésie que comprend le public de ce temps-ci. On n'a pas à écouter le dialogue : c'est assez d'avoir des décors et des costumes à regarder. Occupez les yeux tant que vous voudrez ; mais gardez-vous de parler à l'esprit, à l'imagination, à l'intelligence et à la pensée. On bâillerait.

L'art d'aujourd'hui, ce sont les tableaux vivants.

Ah ! faites des tableaux vivants tant que vous voudrez ; montrez-nous des femmes, beaucoup de femmes en maillot, et nous irons voir, nous irons applaudir vos chefs-d'œuvre de plastique.

Voulez-vous gagner de l'argent, cherchez à nous plaire.

Voulez-vous nous plaire, soyez de votre temps, parlez à nos sens par les yeux.

Si, à toute force, vous voulez faire de l'art, mettez-vous à notre niveau ; faites danser Rigolboche et chanter Thérésa.

Qu'attendre d'une époque et d'une société où les noms de Rigolboche et de Thérésa ont été dans toutes les bouches ?

Rigolboche et Thérésa devenues des types.

Ah ! ce sont bien là des symptômes de décadence !

ANCRE DE SALUT

Je ne veux pas fermer ce livre sur un cri d'alarme et de désespoir. Je suis la sentinelle qui prévient et non le fossoyeur qui ensevelit.

Les signes de décadence sont visibles; mais ce ne sont que des signes. Il en est temps encore peut-être; la société chrétienne ne peut pas, ne doit pas mourir, comme la société païenne, d'un excès de matérialisme, elle qui est fille du spiritualisme.

Alerte !

Le mal et le danger ne sont ni dans les insti-

tutions politiques, ni dans les lois civiles ; car, à
aucune époque et dans aucune autre contrée, les
unes et les autres ne sont parvenues à un degré
de perfectionnement aussi merveilleux.

Le mal est dans l'indifférence, de jour en jour
plus générale, en matière de religion ; le danger
est dans l'indifférence, de plus en plus universelle, en matière de morale.

Là où l'on avait tout fait pour tuer la foi dans
les âmes et en chasser Dieu, il restait peu de
chose à faire pour tuer le remords dans les con-
sciences et en chasser la vertu.

Tout se tient dans l'édifice social comme dans
un monument de pierre ou de marbre : qu'un
fragment s'en détache, d'autres suivent bientôt,
jusqu'à ce que tout s'écroule.

Ainsi la corruption a suivi la même progres-
sion que l'impiété, et, à mesure que la religion
ne devenait plus qu'une affaire de convention et
une question d'habitude, le mariage, de son côté,

n'était plus qu'une affaire d'étiquette et une question de convenance.

On l'a vu dans ce livre ; l'exemple est venu de
haut et de loin : avant de descendre, de proche
en proche, des sphères les plus élevées jusqu'aux
régions les plus basses, l'adultère s'est tout d'a-
bord étalé, sans rougeur et sans frein, au mépris
des droits sacrés de la famille, sur les marches
mêmes du trône. Mais alors il n'était qu'un fait
isolé ; aujourd'hui, il s'est généralisé à ce point
que personne n'y prend plus garde.

Le mal indique où est le remède, le danger
dit où est le préservatif.

Si nous voulons enrayer le char de la France
sur la pente irrésistible et fatale de la décadence,
il faut, par un vigoureux effort de notre volonté,
remonter le double courant de l'irréligion et de
l'immoralité qui nous emporte vers l'abîme.

Alerte donc ! et que chacun réagisse avec
énergie contre la gangrène du scepticisme et du

sensualisme qui gagne insensiblement tout le
corps social. Alerte ! et que chacun retrempe
courageusement son âme à la source sainte des
croyances religieuses, son cœur à la source pure
des vertus domestiques.

FIN.

TABLE DES MATIÈRES

———

FIN DE LA TABLE

CLICHY. — IMPR. MAURICE LOIGNON ET Cⁱᵉ, RUE DU BAC-D'ASNIÈRES, 12

PUBLICATIONS RÉCENTES DE LA LIBRAIRIE E. DENTU
Collections gr. in-18, à 3 francs et 3 fr. 50 cent. le volume.

Paris. — Imprimerie de E. Donnaud, rue Cassette, 9.

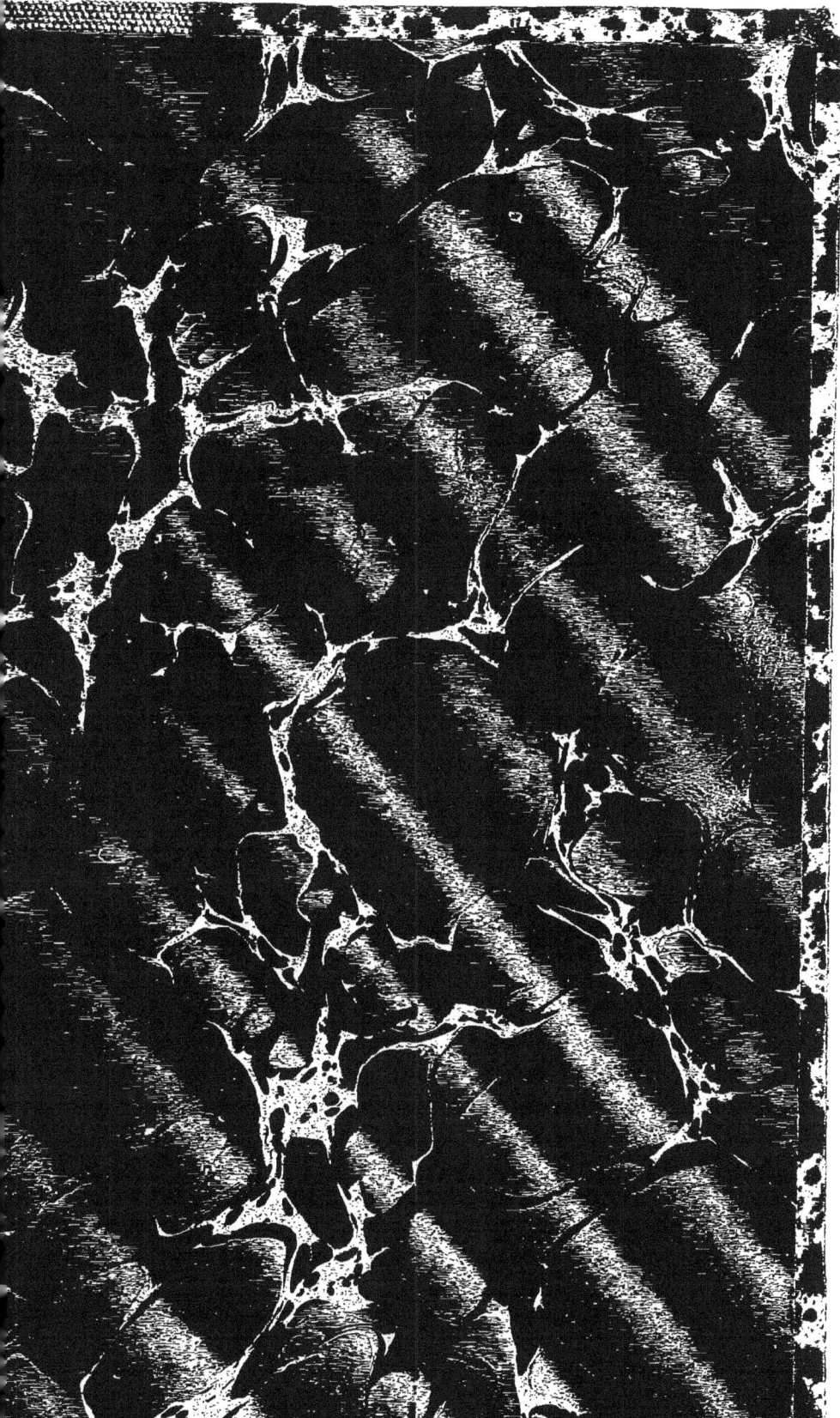

www.ingramcontent.com/pod-product-compliance
Lightning Source LLC
Chambersburg PA
CBHW072118020726
47501CB00003B/871